ハーレクイン文庫

条件つきの結婚

リン・グレアム

槙　由子 訳

HARLEQUIN
BUNKO

JESS'S PROMISE

by Lynne Graham

Published by Harlequin Japan, a Division of K.K. HarperCollins Japan, 2023

条件つきの結婚

◆主要登場人物

ジェシカ・マーティン……………獣医師。愛称ジェス。
ロバート・マーティン……………ジェシカの養父。
シャロン・マーティン……………ジェシカの母親。
ウィリアム・ダン－モンゴメリー……ジェシカの実父。
ルーク・ダン－モンゴメリー………ジェシカの異母弟。
セザリオ・ディ・シルベストリ………実業家。
ステファノ・ディ・シルベストリ……セザリオの従兄。
アリス・ディ・シルベストリ…………セザリオの元恋人。ステファノの妻。
トマソ…………………………………セザリオの屋敷の家政婦。

1

セザリオ・ディ・シルベストリはなかなか寝つかれなかった。

数カ月前から、彼は人生の岐路に立たされていた。これまでずっと、持って生まれた決断力を頼りに行動してきた。人生において不要なものを切り捨て、本当に重要なことにのみエネルギーを注いできた。しかし飽くことなく働き続け、巨万の富を得て実業界の大物になる一方で、私生活をおろそかにしてきたことは否めない。その結果、心から信頼できる友人は従兄《いとこ》のステファノしかいない。女性に関しても、ベッドをともにした相手は数知れないが、愛した人はたったひとり。しかも、その女性さえも粗末に扱ったせいで、彼女はほかの男性に走ってしまった。結局、三十三歳の今日に至るまで、結婚を考えたことは一度もない。こうした事実は、いったい何を意味しているんだ？　セザリオは自問した。

僕は生まれつき孤独を愛する質《たち》なのだろうか。それとも、ひとりの女性に縛られるのが怖いのか。しつこくつきまとう深遠な問いにうんざりし、彼はうなり声を発した。なにしろこれまで、常に考えるより先に行動してきたのだ。

セザリオは眠るのをあきらめてズボンをはき、壮麗なモロッコふうの別荘の中を歩きまわり始めた。豪華な部屋や調度が象徴する贅沢《ぜいたく》な暮らしにも、最近はほとんど意義を見いだせない。彼はタンブラーに冷たい水をつぎ、いっきに飲み干した。

ステファノにも話したことだが、できればこの年になるまでには、子どものひとりも欲しかった。もちろん、母親が金のことしか頭にないような女性では困る。そういう母親に育てられれば、当然ながら子どもも薄っぺらで身勝手な人間に育つだろう。

〝家庭を築くのはいまからでも遅くはないさ〟ステファノは請け合った。〝物事はいつでも変えられる。要は何をするべきかではなく、何をしたいかだ〟

携帯電話がけたたましく鳴り響き、セザリオは二階へ戻った。こんな夜中に電話してくるなんて、いったい誰だ？　いぶかりながら電話に出ると、警備主任のリゴ・カステロからで、確かに緊急を要する報告だった。セザリオのイギリスの自邸であるホルストン・ホールに泥棒が入ったという。盗まれたのは最近手に入れたばかりの五十万ポンド相当の絵画で、明らかに内部の人間のしわざらしい。最後の部分を聞いて、セザリオの胸に冷たい怒りがわいた。従業員に高い給与を支払っているのは、それに見合った忠誠心を求めているからだ。犯人を突き止めたら、たっぷり罪を償わせてやる……。

けれども当初の怒りと不快感がおさまるにつれ、セザリオの端整な口元には暗い笑みが広がった。エリザベス朝様式のあの美しい屋敷を訪れるとなれば、彼の馬を定期的に診に来るあの美しい厩舎《きゅうしゃ》のマドンナとも顔を合わせることになるだろう。そのイギリス人のマドンナには、彼が知っている多くの女性と決定的に異なる点がある。すなわち、セザリオ・ディ・シルベストリの誘いにノーと答えたのだ。その事実は彼の怒りをあおり、いらだちを誘った。一度食事に出かけただけで、生まれて初めて女性にふられ、いまだに理由もわからない。本質的に競争意識の強いセザリオにとって、彼女は常に謎《なぞ》であり、挑戦意欲をそそられるのだ。

癖のある長い黒髪をポニーテールに結び、おびえている犬のもつれた毛をはさみで刈りながら、ジェシカ・マーティンはしきりに慰めの言葉をかけた。

シープドッグの痛ましく痩《や》せ衰えた体があらわになるにつれ、ジェシカ――ジェスの柔らかな口元に力が入った。動物の苦しむ姿を見るたびに、いても立ってもいられなくなる。そこで何か自分にできることはないかと奮起し、獣医になった。

「どんな具合？」犬を押さえているカイリーが心配そうに尋ねた。週末にボランティアで手伝ってくれる女子学生だ。

ジェスは苦々しく答えた。「この年でこれなら、大したものよ。かなりの老犬だもの。ただれを治して栄養をつければ、元気になるでしょう」

「でも年を取っていると、なかなかもらい手が見つからないのよね」カイリーはため息をついた。

「必ずしもそうとはかぎらないわ」ジェスは明るく答えたが、本当は彼女も知っていた。年を取った犬、体が不自由な犬、問題を抱えた犬。そういう犬をわざわざ飼ってみようという人は少ない。結局、ここ何年かの間に、彼女はそういう犬たちを個人的に引き受けてきた。

チャールベリー・セントヘレンズの村で初めて仕事に就いたとき、彼女は勤務先の動物病院の二階に住んでいた。ところが業務の拡大に伴い、そこがオフィスとして使われることになったため、ほかに住む場所を探さなければならなくなった。そのとき運よく見つかったのが、村外れにあったこの古いコテージだ。見た目はいまひとつだし、最低限の設備しかそろっていないが、納屋や車庫に加えて二つの囲い地があり、彼女は大家に許可を得てそこに動物のための小さな保護施設を開設した。稼いだお金はすべて動物のえさ代と治療代に消えるので、そこそこの給料をもらっているにもかかわらず、財布はいつも空っぽだ。それでも自分の好きなことをしているいまは、これまでの人生でいちばん幸せだと感じている。ジェスは昔から、人間より動物のほうが好きだった。もともと内気で人づき合いが苦手だったところへ、大学時代の恐ろしい経験が原因で心と体に傷を負い、男性に対して不安を感じるようになってしまったのだ。相手が人間だと慣れるまでが大変だが、動物なら問題ない。

車の近づいてくる音に気づき、カイリーが納屋の入口へ向かった。「ジェス、あなたのお父さんよ」

ジェスは驚いて顔を上げた。父が週末に訪ねてくるなんて珍しい。以前はときおり顔をのぞかせて動物小屋やフェンスの修理を手伝ってくれたが、最近は顔を合わせる回数も減り、たまに会っても父は仕事のことしか頭にない。父のロバート・マーティンは五十代なかばの物静かな男性で、よき夫であり、それ以上によき父親だ。獣医になりたいというジェスの夢を、家族の皆は高望みだと笑ったが、父はあらゆる形で応援してくれた。実のところ、家族以外はほとんど知らないが、ロバートは彼女の実父ではない。それを思うと、彼の愛情と支えは彼女にとってますます大きな意味合いを帯びてくる。

「えさは私がやっておくわ」カイリーが申し出たところへ、ずんぐりした体つきで、グレーの髪の男性が、会釈をして納屋に入ってきた。

「もうすぐ終わるわ」ジェスは父に請け合い、犬の傷に消毒用の軟膏《なんこう》を塗った。「珍しいわね、日曜の朝に訪ねてくるなんて」

「話があってな。どうせおまえは、もうしばらくしたら教会へ出かけるだろうし、週末の夜はたいてい勤務だろう」父はぞんざいに答えた。その声にどことなく違和感を覚え、ジェスは明るいグレーの目で問うように見上げた。

そして顔をしかめた。父の顔は青白く張りつめ、実際以上に年老いて見える。「どうしたの？」ジェスは動揺を禁じえなかった。父のそんなおびえた顔を見るのは、去年母が癌《がん》を告知されたとき以来だ。

「犬の処置が終わってからでかまわないよ」

波紋となって広がる不安を、ジェスは懸命に抑えつけた。まさかお母さんの癌が再発したのかしら。真っ先に思い浮かんだのは、それだった。犬の手当がすんだときには、両手がかすかに震えていた。でも検診の予定はなかったはずよ。悪い知らせとはかぎらないわ。

「先に家に上がっていてちょうだい。私もすぐに行くから」不安を押し殺し、彼女はきっぱりと告げた。

えさの用意された囲いに犬を戻し、おそらく数週間ぶりで食事にありつく姿をしばし見守ったのち、ジェスは手を洗い、家の中へ急いだ。キッチンに入ると、父はすでにテーブルに向かっていた。

「どうしたの？」声が張りつめた。母のことが気がかりで、不安を言葉にするのもはばかられる。

見上げた父の黒い目には、不安と罪悪感がありありと映っていた。「ばかなことをしてしまった。本当にばかなことを。おまえまで巻きこんですまないとは思うが、母さんに話す勇気がなくて」父は緊張した声で打ち明けた。「ただでさえ母さんは大変な思いをしたばかりだというのに、こんなことになって、とても耐えられないだろう」

「いいから話してよ。いったい何があったの？」ジェスは向かいに座り、優しく促した。もちろん父は、自分の置かれている状況を大げさにとらえすぎているだけだろう。父がそんなに大それたことをするはずがないのだから。父は正直で穏やかな人だ。近所の人々にも好かれ、尊敬もされている。「そこまでばかなことって、いったい何をしたというの？」

ロバート・マーティンは重苦しげにかぶりを振った。「そもそもの始まりは、金を借りたことだった。借りた相手が悪かったんだ……」

ジェスは言葉を失い、目を見開いた。「問題というのはお金のことなの？ 借金を抱えているの？」

父は力なくため息をついた。「借金は始まりにすぎなかった。母さんの治療が終わったあとで、休暇を取って旅行に出かけただろう？」

ジェスはゆっくりとうなずいた。父は母をクルーズ旅行に連れていった。大した稼ぎもなく、家からほとんど離れたこともない夫婦にとって、それは一生に一度の休暇旅行と言えた。「だって、どうしてそんなお金があるのか私がきいたら、これまでの蓄えだって言ったじゃない」

娘の指摘にロバートは恥じ入り、力なく首を振った。「嘘《うそ》だよ。蓄えなんかありゃしない。若いころに思い描いていたような貯金など、一度もできたためしはなかった。家計はいつもぎりぎりだった」

「それであのクルーズに出かけるために、お金を借りたのね。誰から借りたの？」

「母さんのお兄さんのサム・ウェルチだ」ロバートは白状し、娘の顔が引きつるさまを見守った。

「だってサムは高利貸しじゃない。お父さんだって知っているくせに！　お母さんのほうの親戚《しんせき》は悪党ばかりだからかかわり合いにならないほうがいいって、まわりの人にも言っていたじゃない」ジェスは言葉に力をこめた。「サムがどんな人間か知っていながら、どうしてお金なんか借りたの？」

「銀行に相談に行ったら、はなから相手にされなかった。ほかに当てにできる相手といえば、サムくらいしかいなかったんだよ。実際のところ、サムは母さんの病気の件ではいたく同情して、返済はゆっくりでいいと言ってくれたんだ。とても親切で常識的だった。ところが息子のジェイソンとマークが引き継いだとたん、対応ががらりと変わったんだ」

ジェスはうなった。自分の財布も空だというのに、どうして父を助けられるだろう。彼女は激しい罪悪感にとらわれた。親や二人の弟より稼いでいながら、援助を申し出ることもできないとは。でももしかすると、私なら銀行からお金を借りられるかもしれない。

「利子のせいで金額はさらにふくらみ、この数カ月はほぼ毎日のように二人が取り立てに来ていた」ロバートは重い口調で打ち明けた。「仕事中に車であとをつけてきたり、昼夜かまわず電話してきて、借金の額を言い続けたり。それを母さんに悟られないようにするんだから、まさに悪夢だったよ。私はもう神経がぼろぼろで、とにかく二人を追い払ってしまいたかった。それで取り引きを持ちかけられたときに――」

ジェスはたじろぎ、父の言葉を遮った。「取り引きですって？　いったいなんの？」

「本当にばかだったよ。ジェイソンとマークに、二人の手伝いをすれば借金を帳消しにすると言われたんだ」

父の顔に浮かぶ恐れと後悔を目にしてジェスの神経は極度に張りつめ、吐き気を催した。

「いったい何を手伝ったの？」

「ホルストン・ホールの内部を撮影して、セレブ雑誌に売りたいと言われたんだ。その……母さんが読んでいるような雑誌だよ」そんな雑誌など手に取ったこともない父は漠然と説明をつけ加えた。「ジェイソンはいつも写真の腕を自慢しているだろう？　その写真を売ればかなりのお金になると言われて、それくらいなら問題ないと思ってしまったんだ」

「問題ないですって？」ジェスは信じられない思いで繰り返した。「家主に黙って勝手に他人を招き入れることが？」

「そりゃあミスター・ディ・シルベストリが快く思わないことはわかっていたとも。プライバシーを大事にする方だからね」父は悲しげに認めた。「だが、こうも思ってしまったんだ。ジェイソンとマークを屋敷に入れたのが私だということは、誰にもわからないんじゃないか、と。それどころか、屋敷に侵入したのがその二人だということも、誰にもわからないんじゃないか、とね」

ようやく事態をのみこんだジェスは、美しい顔に恐怖の表情を浮かべ、とっさに椅子から立ち上がった。「なんてことを……。屋敷に泥棒が入り、絵が盗まれたというあの事件にはお父さんが関与していたの?」ジェスは信じられない思いで問いつめた。「事件が起きたのは、お父さんのせいだったの?」

「あの晩、ジェイソンとマークに、屋敷のカードキーを渡して自分のアクセスコードを教えた」ロバートは声を震わせ、打ち明けた。すがるように娘を見つめるその顔は、完全に血の気を失っている。「本当に写真を撮るだけだと思ったんだ。盗みを働くなんて、想像もしなかった。だが考えてみれば、すべては計画のうえだったんだろう。連中の話を鵜呑《うの》みにするなんて、本当にばかだったよ」

「いますぐ自首して、洗いざらい話してきて!」ジェスは大声で訴えた。

「そんなことをするまでもなく、すぐに警察が逮捕しに来るさ」ロバートは弱々しい声で答えた。「ゆうべ聞いた話では、屋敷には最新のセキュリティ・システムが導入されていて、ミスター・ディ・シルベストリが呼んだITコンサルタントが調べれば、侵入の際に誰のアクセスコードが使われたかわかるそうだ。ひとりひとり番号が違うらしい。だから、私だということは、じきにわかるんだよ」

ジェスは体の芯《しん》まで凍え、震えだしそうになるのを必死にこらえた。とても信じられなかった。従兄のジェイソンとマークが、屋敷に侵入するために父をだましたことは疑いない。彼らはきっと借金のことでわざと父につきまとい、さんざん脅したあげくに、一見なんでもなさそうな取り引きを持ちかけたのだろう。写真を撮るだけと言われて真に受けるとは世間知らずにもほどがあるが、実際のところ、父は世間を知らない。ホルストン・ホールで働く無学な使用人のロバート・マーティンは、問題のクルーズ旅行に出かけるまで、生まれ故郷の村から百キロと離れたこともなかったのだ。それに、屋敷以外の場所で働いたことも一度もない。

「絵を盗んだのはウェルチきょうだいなの？」

「わからないよ。私はカードキーを渡して、アクセスコードを教えただけだ。カードキーは、翌朝には郵便受けに戻されていた」父は重い口調で打ち明けた。「週が明けて、ジェイソンとマークが何があっても黙っているようにと警告しに来た。窃盗事件のことをきいたら、自分たちは関係ない、アリバイもあると言い張っていたが、どうだろう。国際的な美術品窃盗団の一味なのか、それとも誰か別の人間にカードキーとアクセスコードを渡しただけなのか、本当にわからないんだ」

ジェスは吐き気を覚えつつ、億万長者のイタリア人実業家、セザリオ・ディ・シルベストリに思いを馳《は》せた。父のせいで彼の絵が盗まれたのかしら？　彼はそういうことをされて黙っている人間ではないし、決して慈悲深い性格でもない。そもそも父の言葉を信じる人間がどれだけいることだろう。父が自ら進んで妻の甥《おい》たちと共謀したわけではない、と。父がホルストン・ホールで四十年近く働いてきた事実も、きっと情状酌量の助けにはならないに違いない。父に前科がなく、近所での評判がいいことも。いずれにせよ、犯罪は起きたのだ。

話を終えて帰る父に、母にはまだ言わないでほしいと頼まれ、ジェスは反論した。「お母さんには一刻も早く話さなくちゃ。何も知らないまま家に警官が来たら、そのほうがよほどショックでしょう?」

「心労で病気がぶり返してしまうよ」父は訴えた。

「そうとはかぎらないわ。今後、何がどうなるという保証はどこにもない」ジェスは、去年母の治療を担当した医師の言葉を引用した。「私たちは最善を祈るのみよ」

「母さんは気を落とすだろうな」ロバートは黒い目に涙をため、ゆっくりと首を振った。「こんなことになって……彼女は何も悪くないのに」

ジェスは黙っていた。慰めの言葉が見つからなかった。実際のところ、未来は灰色にしか思えない。セザリオ・ディ・シルベストリに会って話してみるべきだろうか。彼女はちらりとそう考えたが、彼との気まずい関係を思うと、それは名案とは言えなさそうだ。セザリオとは一度だけ食事に出かけたことがある。父の雇主に誘われて断るわけにはいかなかったし、彼は動物病院の上客でもあるからだ。あの悲惨な夜のことを思い出すたびに、ジェスは顔から火が出そうになる。いまでもセザリオの滞在中は、ホルストン・ホールへ行くのは気が重い。彼が近くにいるとひどく自意識過剰になり、獣医としての自信まで危うくなってしまう。

別に無礼なことをされたわけではない。それどころか、あれほど洗練されたマナーの持ち主は初めてだった。それにセクシャル・ハラスメントを受けたとも言えない。なぜなら、そのあとはまったく誘われていないのだから。けれども彼の態度にはことごとく皮肉が感じられ、ジェスは自分がばかにされているようで居心地が悪かった。そもそも彼は、なぜ私を誘ったのだろう。どこをどう取り上げても、普段彼がつき合っているきらびやかなパーティガールからはほど遠いというのに。

セザリオ・ディ・シルベストリの女性関係にまつわる悪評は、ジェスもいやというほど聞いている。前に屋敷の家政婦をしていたドット・スマイザーズが実家の隣に住んでいるからだ。セザリオがホルストン・ホールの新しいオーナーになってからというもの、ドットが語るパーティの過激さと金持ちの男性ゲストに期待して集まってくるふしだらな女性たちの話は、村の伝説と化してタブロイド紙に格好の話題を提供してきた。セザリオを巡って二人以上の女性が張り合う場面はジェスも実際に見たことがあるし、彼が一度に複数の女性をベッドに連れこむといううわさも本当かもしれない。

そんなわけで、ジェスにしてみれば、食事は最初から気が進まなかった。そうでなくても、彼はもともとジェスにとって手の届く相手ではない。そういう明らかに身分の異なる者同士の間には、いい関係が生まれようがないと彼女は信じていた。人はそれぞれ、互いの置かれている社会的立場を尊重するべきだ。それを軽んじた結果、母は十代のころに高い代償を支払わされた。

そしてセザリオとの悲惨なディナー・デートも、社会的な身分に対するジェスの信念を裏づけたにすぎなかった。セザリオに連れられてこぢんまりした高級レストランに足を踏み入れた瞬間、ジェスはただちに自分の格好がほかの女性客より見劣りすることに気づいた。外国語で書かれた鼻持ちならないメニューは彼に説明してもらわなければならなかったし、食事中はどの料理にどのフォークとどのナイフを使えばいいのかわからず、屈辱を味わった。セザリオがフォークを使って食べていたデザートに自分はスプーンを使っていたことを思うと、いまも顔から火が出そうになる。

けれどもその晩のハイライトは、なんといっても、たった一度のキスのあとで彼に誘われたことだ。いくら女性に手が早いとはいえ、セザリオ・ディ・シルベストリの早さは尋常ではない。彼の誘いにジェスは怒りを覚え、プライドを傷つけられた。ほとんど知りもしない男性とベッドをともにするような、そんな安っぽくお手軽な女に見えたのかしら。

確かにキスはすばらしかった。けれども巧みなキスによって官能の波にのみこまれそうになった彼女は、むしろ不安をかき立てられ、二度とそういう危険は冒すまいと意を強くした。私には自尊心もあれば常識もある。裕福なプレイボーイとそういう関係に陥るなどありえない。不釣り合いな関係は、結局、悲しみを招くだけだから……。その行き着く先を、ジェスはすでに母の経験から学んでいる。それに、たとえあの晩彼女がセザリオと朝まで過ごしたとしても、彼はおそらく頭の中でおぞましい得点表に点を追加するだけで、二度と彼女を誘うことはなかっただろう。

いずれにせよ、ここ数年のジェスは、デートをするより穏やかでシンプルな生活のほうが気に入っていた。それに伴う唯一の難点は、このままでは一生、子どもには恵まれないだろうということだ。子ども好きの彼女は、十代のころから、いつか自分も母になる日を夢見ていた。けれども三十一歳の誕生日を一カ月後に控えたいま、自分は一生子どもには縁がないかもしれないという気がし始めていた。ひとりで子どもを産み、育てることも考えたが、ただでさえ仕事に追われる日々を送っているところへシングルマザーという荷を背負うのはどうかと思い、あきらめた。それに、子どもにはやはり父親となるべき人物が必要だ。それを自分の父に押しつけるのは、不公平というものだろう。

眠れぬ夜を過ごした翌朝、ジェスは動物病院に出勤し、肝臓を患った入院中の猫の容体を確認した。そうして日常業務をこなしたのち、すでに息絶えた金魚鉢の金魚から、口輪をして治療に当たらなければならない犬や、羽が抜け替わるだけの元気なおうむに至るまで、救急処置に当たった。

その晩も父のことを考え、明け方近くまで眠れなかった。母のシャロンから電話がないところを見ると、父はまだ打ち明ける勇気をふるい起こせずにいるのだろう。事実を知ったときの母の不安と苦しみを想像すると、ジェスは心臓から血の流れる思いがした。

セザリオ・ディ・シルベストリに個人的に頼んでみたところで、望みは薄いだろう。ジェスが何かを頼んだからといって、彼が耳を傾けなければならない理由はどこにもない。そう思う一方で、たとえわずかでも可能性があるなら、家族のために少なくとも試してみる義務があることもわかっていた。セザリオはすでに、前夜からイギリスに来ている。ジェスは心を決めた。やっぱりなるべく早く彼に会おう。

毎週火曜日には、ホルストン・ホールの厩舎で馬の定期検診をしているから、そのときに行動を起こそう。

ジェスは犬を引き連れ、いつもの散歩に出かけた。家で飼っている犬は、二つのグループにわけ、一日交替で散歩に連れだすことにしているのだが、今日のお供は、農機に巻きこまれて片方の脚と片方の目をなくしたコリーのジョンソンと、睡眠発作症のせいでところかまわず眠ってしまうグレーハウンドのドージー、そしてジェスの姿が見えなくなると極端に不安がるウルフハウンドのハッグズだ。

セザリオはジェシカ・マーティンが来ていることに気づいた。その証拠に、厩舎に通じるアーチで覆われた小道のわきに、三匹の薄汚れた犬がつながれている。見慣れた光景に、彼の口元はほころんだ。なんだって彼女は世間の人々が拒絶したものを背負いこむのだろう。ペットとしてあれ以上に最悪な組み合わせがあるだろうか。薄汚れたウルフハウンドは気難しい子どものようにくんくん鳴いているし、グレーハウンドは水たまりの中であっという間に眠りこけ、コリーは遠くで響く車の音にいちいちおびえて壁にぴったり身を寄せている。

厩舎責任者のパーキンズが足早に近づいてくる間も、セザリオの視線はずっと、予防接種を打つために古いかばんの中をあさっている小柄な女性に注がれていた。ジェシカ・マーティンのきわめて古典的な整った横顔を見るだけで、彼はルネッサンス時代の名画に描かれた聖母マリアを眺めるような喜びに包まれる。その肌はクリームのようになめらかで、顔は繊細だが強さがあり、キューピッドの弓の形をした魅力的な唇は、世のあらゆる男性の夢想の中で主役を演じるにふさわしい。そして忘れてはならないのが、銀色に輝く明るいグレーの目と、いつも後ろで縛っている黒い巻き毛だ。彼女は決してメイクをしないし、女性らしい服も着ようとしない。けれども彼女が小さな体に何を着ようと、美しい骨格とほっそりした繊細なカーブで形作られたたぐいまれな容姿は、人の目を引きつけずにはおかない。

色あせた乗馬ズボンに労働者ふうの長靴を履き、着古した防水ジャケットを羽織った彼女は、セザリオが普段好んでつき合う女性たちと対極の位置にある。彼はもともと完璧主義者《かんぺき》だったが、富と成功のおかげでその傾向がさらに強まった。女性は洗練され、身なりにもきちんと気を配っているほうがいい。ジェシカ・マーティンを見るたびに彼はそのことを思い出し、彼女の魅力の正体について不思議に思わずにはいられない。ただ単にノーと言われたせいで、僕は彼女に惹《ひ》かれているのだろうか。彼女のほうも僕に惹かれているのは間違いない。本人はその事実を否定し、懸命に取りつくろおうとしているが、前に食事に出かけたときに、テーブル越しに僕のことをじっと見ていた。それにもかかわらず、そのあとはずっと僕の視線を避け、そばに寄せつけるまいとしていた。あれはきっと過去に男性から手痛い仕打ちを受けたか、あるいは他人と親密になることに問題を抱えているか、そのどちらかだ。

乗馬ズボンの下にある彼女のほっそりした腿と引き締まったヒップのふくらみが、セザリオの目に留まった。服を脱いだ彼女の体はきっと完璧なはずだ。いつものように下腹部が鈍くうずくのを感じ、セザリオは端整な口元に力をこめ、奥歯を噛《か》みしめた。くそっ、なんということだ。彼女を眺めて楽しんでいたはずが、いつの間にか怒りがわいている。そもそも僕は、遠くから眺めるだけで満足できる性分ではないのだ。ふん、彼女など好みでもなんでもない。彼は自分に言い聞かせた。ディナーに誘ったら、黒いテントのようなドレスを着て現れ、ろくすっぽ口もきかなかった。いまもそうだ。僕にまだ気づかないふりをして、あいさつをできるだけ先に延ばそうとしている。

セザリオ・ディ・シルベストリが近くにいることに気づき、ジェスは手足がしびれたような感覚に襲われた。雇主の訪問に備えて厩舎のスタッフは先ほどから慌ただしく動きまわっている。何より、彼のフェラーリがとどろかせる乾いたエンジン音がいやでも耳に入った。敷地内の悪路を走るのにたいていの者は四輪駆動車を使うが、セザリオはどこへ行くにも桁外《けたはず》れに高価なスポーツカーに乗るのだ。ゆっくりと振り向き、セザリオがドナルド・パーキンズと話している間の貴重な隙《すき》を利用して、ジェスは彼の外見を堪能《たんのう》した。

セザリオと顔を合わせるようになってすでに二年になるが、カリスマ性を漂わせた端整な顔立ちを目にするたびに、いまだに奇妙に引きつけられる。アスリートを思わせる屈強な体は身長百八十センチをゆうに超え、仕立てのいい服によって広い肩幅と引き締まったヒップ、長い脚がいっそう引き立てられ、たったいまファッションショーのステージから下りてきたかのような優雅さを漂わせている。黒い髪は短くカットされ、金色の輝きを帯びた肌の色が地中海の日差しを思わせる。筋の通った傲慢《ごうまん》そうな鼻、気位の高さを物語る頬骨、皮肉な笑みをたたえたセクシーな唇。それらのパーツが実にみごとに配置され、一度見たら最後、繰り返し見ずにはいられない。また仕事に戻りながらも、ジェスは父のことをどうやって切りだせばいいかと考えた。父がまだ逮捕されていないという事実は、盗みへの関与がまだ発覚していないことを意味するはずだ。

「ジェシカ……」セザリオがそっと呼びかけた。このままずっと無視されるわけにはいかない。

ジェスは動揺し、頬が熱くなるのを意識しつつ振り返った。皆が使う愛称を無視して彼女の洗礼名を呼び続けるのは彼をおいてほかにいない。「こんにちは、ミスター・ディ・シルベストリ」

彼女がようやく彼の名を正しく発音したことに、セザリオは不本意ながら感心した。とはいえ、彼女は何度言っても決して彼をファーストネームで呼ぼうとしなかった。

パーキンズがやってきて腱《けん》を傷めた種馬のことで指示を仰いだので、三人は厩舎の中へ移動した。ソルジャーは体が弱いこともあり、ジェスとしてはもっと早くに相談してほしかった。けれども雇主の前でそれを指摘するわけにはいかず黙っていると、セザリオは部下の判断ミスをさらりと指摘した。「けがをした時点で、すぐにジェシカに相談すればよかったんだ」

仕事を終え、ジェスは中庭へ続くアーチの小道へ向かいかけた。今回だけは期待していたにもかかわらず、セザリオは話しかけてこようとしなかった。彼女はついに意を決し、背筋を伸ばして振り返り、無表情に口を開いた。喉元に力がこもり、声がかすれた。「セザリオ、あなたに話があるの……」

彼女がファーストネームで呼んだことに、セザリオは見るからに驚いたようだった。輝きを放つ黒い目で彼女をじっと見ている。またしても頬に血がのぼるのを感じ、ジェスはかばんを握る指に力をこめた。探るようなまなざしにさらされ、なんとも居心地が悪い。片方だけつり上がった黒い眉が、クエスチョンマークを思わせる。無理もないわ。私が何を話すつもりか、想像もつかないはずだもの。

「少しだけ待ってくれないか。すぐに戻る」外国語なまりを伴ったよく通る声で、彼は悠然と答えた。

アーチの小道の反対側で犬たちとともにセザリオを待つ時間が、ジェスにはひどく長く感じられた。しかも彼にどう話せばいいのか、その時点でもまったく見当がつかなかった。

2

「どうせなら、今夜一緒に食事でもしながら話さないか？」セザリオが戻り、いかにも満足そうな口ぶりで提案した。

自分が誘ったかのような言い方をされ、ジェスのプライドは傷ついた。彼女は勢いよく振り返り、明るいグレーに輝く目に敵意をこめて見つめ返した。「ごめんなさい、話というのは家族のことなの」

「家族のこと？」端整な顔に困惑の表情を浮かべ、セザリオが問うようなまなざしを向けた。その姿は息をのむほど魅力的で、ジェスは一瞬、何も考えられなくなった。

胸の先端に刺すような痛みを感じ、彼女は背筋に力をこめて身構えた。そして、自身の体の反応の意味に気づき、悔しさを噛《か》みしめた。しかたがないわ。彼がとてつもなく魅力的なのは事実だもの。これだけの魅力を突きつけられれば、完全に無視できる女性などいない。体がそういうふうにプログラムされているから。これは自然の摂理。完全に抑えるなんて無理よ。ジェスはそう結論づけた。

彼女は厩舎《きゅうしゃ》のスタッフがいるほうに目をやった。この距離では、話を聞かれてしまうだろう。「ここではちょっと話しづらいわ」

ジェスの張りつめた表情と喉元のくぼみを見つめながら、セザリオはさらに好奇心をそそられた。なぜあんなに緊張しているのだろう。それから彼は、彼女の肌がきめ細かいことに気づいた。青い静脈がうっすらと透けて見える。たちまち強い欲求がこみあげた。彼女の裸を見てみたい。クリームのようになめらかな肌を、飾らぬ状態でたっぷりと眺めたい。一糸まとわぬ姿で僕を求める彼女を見てみたい……。

「じゃあ、家まで一緒に来るといい」セザリオはいらいらとした口調で告げて性の呪縛《じゅばく》を振り払い、車高の低いスポーツカーに飛び乗った。

ジェスは眠っているグレーハウンドをなだめ起こし、服にはいっこうにかまわずに、泥だらけの犬を抱き上げた。その様子を、セザリオはサイドミラーで見守った。ジェスが一匹目を古いランドローバーの後部座席に乗せると、今度はほかの犬たちが、丸一日も離れていたと言わんばかりの勢いで彼女に飛びついた。そういえば彼女は近所の野良犬を引きとって世話しているのだ。セザリオは思い出した。心がけは立派だが、自分の外見にまるで無関心なのはいただけない。せっかく美人なのに、そういうことに対する本人の自覚がまるで感じられない。自己愛に酔って自分を飾り立て、常に人々の関心の的でありたいと願うのが、僕の知っている女性像だ。ジェシカ・マーティンには、そうなるのをためらわせるような出来事でもあったのだろうか。

　エリザベス朝様式の壮麗な屋敷の前まで行って、ジェスはフェラーリの横に車を止めた。美しく色あせたれんが造りの建物には、精巧な装飾の施された煙突がいくつもそびえ、中枠のある窓が規則正しく並んでいる。前にドット・スマイザーズに厨房《ちゅうぼう》に入れてもらったことはあるが、住居部分に足を踏み入れたことは一度もない。数世紀にわたって屋敷を所有し、しばしば有力な政治家を輩出してきたダン‐モンゴメリー家の人々は、先祖から受け継いだ屋敷を一般に開放しようとはしなかった。そして一家の収入がしだいに細って六年前に屋敷が売りに出されたとき、従業員は地所が解体されて職を失うことを恐れたが、ありがたいことにセザリオ・ディ・シルベストリが土地と屋敷を丸ごと買い上げて屋敷を修復し、農地の近代化を図り、種馬の飼育施設を設立してみごとな成功を収めたのだ。

　でっぷりと太った中年イタリア人男性のトマソが、ジェスを屋敷の中へ案内した。ドットが早めの引退を決めこんだので、彼はその後任だ。壮麗なホールにはチューダー朝時代の巨大な暖炉があり、頭上の空間には十七世紀という時代が渦を描いて広がっている気がした。ジェスは完全に圧倒され、周囲を眺めながらぽかんと口を開けそうになるのをぐっとこらえた。案内された先は現代的なオフィスといった感じの部屋で、壁のひだ模様や窓の外に広がる古典的な装飾庭園とのコントラストが、どこか非現実的な印象を生んでいた。

「家族の話というのは？」

セザリオの声にはかすかないらだちが感じられた。そんなふうにデスクに寄りかかって立つ姿は典型的な英国調カントリー・カジュアルという雰囲気だが、イタリアのデザイナーが手がけたエレガントな開襟シャツと美しい仕立てのズボンが、そこに洗練されたひねりを加えていた。

「私の家族はあなたの土地に住み、父と弟たちはあなたの土地で働いているわ」ジェスは説明した。

「知っているよ」セザリオはにやりとした。「君と初めて会ったときに、ここの土地管理人に教えてもらったから」

ジェスは顎を上げ、ほっそりした肩を正した。土地管理人は、私が取りすました上流階級ではなく田舎の労働者階級の出身であることを強調するために、その情報を伝えたのかしら。そうだとしたら、私がつつましい下層階級の人間だとわかっても、セザリオの興味は失われなかったことになる。ディナーの誘いはその直後にあったのだから。ゴージャスな黒い瞳と正面から目を合わせることをかたくなに拒み、ひたすら無関心を装いつつ、彼女は深く息を吸いこんだ。「話というのは、ここで起きた窃盗事件のことなの」

セザリオは顔をしかめ、身を乗りだした。それまでのくつろいだ態度は一瞬にして消えた。「つまり、僕の絵のことかい？」

恐ろしいまなざしで見すえられ、ジェスは頬から血の気が引いていくのを感じた。「ええ」

「窃盗に関する情報なら、どうして警察に言わないんだ？」

緊張のせいで、どっと汗が噴きだした。ジェスは服を着すぎていることに気づき、厚手のジャケットを脱いで隣の椅子にかけた。「父がかかわっているからよ。だから、まずはあなたに話したかったの」

セザリオの目が鋭く光った。彼は即座に事態をのみこんだ。ロバート・マーティンは屋敷の使用人で、セザリオの不在中は家の管理を任されている。だから、保守点検や修理をおこなうために、いつでも自由に出入りできる。「君の父親が泥棒の片棒をかついだというなら、僕に同情を求めても無駄だ」

「その前に事情を説明させて。私もおととい知ったばかりなの。うちは去年、母が乳癌《にゅうがん》の宣告を受けて大変だったのよ」ジェスは張りつめた声でいっきに告げた。

「同情に値する話だが、君の母親の病気と僕の絵の間にどんな関係があるのか、よくわからない」

「あなたが聞いてくれるなら説明するわ」

「いや、僕としては警察を呼んで、あとは彼らに任せたい。これは彼らの仕事だ。僕の仕事ではなく」セザリオは軽蔑《けいべつ》もあらわに宣言し、立ち上がって電話に手を伸ばしかけた。

「こういう話は不愉快だ」

「お願い、警察に連絡するのはもう少し待って！」ジェスはグレーの目を見開いて声をあげ、彼と電話の間に立ちはだかろうとした。「お願い、とりあえず話を聞いて」

「だったら話したまえ」セザリオはぞんざいに答え、結局電話には手を触れずに、怒りと疑念のこもったまなざしで彼女の顔をじっと観察した。けれども内心では、彼の男性本能は大いに満足していた。形勢は変わり、復讐《ふくしゅう》のときは来た。彼女はもはや冷たい沈黙で応《こた》えることもなければ、あの尊大なまなざしで僕を見下すこともない。

「母の治療が終わったあとで、父は母を休暇旅行に連れだしたの。でもそのためには借金をしなければならず、さらに悪いことに、私の伯父から途方もない金利で借りてしまったのよ」ジェスは焦って言葉につかえながら、父が執拗《しつよう》に返済を迫られたことと、それに続いて彼女の従兄《いとこ》がやってきて、取り引きを持ちかけたことをすべて話した。

「なるほど、家族の話か」甘い声で指摘しつつも、セザリオはたったいま聞いた彼女の親類の話に驚いていた。どんなに教育を受けていても、自分とは根本的に生まれた環境が違うのだと、そのとき初めて本当の意味で思い知らされたのだ。

「母方の伯父は、これまでにも刑務所を出たり入ったりしてきたけど、息子のほうは一度も警察の世話になったことはないの」気まずさに頬が熱くなるのを意識しつつ、彼女は話を続けた。「それで父は、彼らの話を真に受けてしまったのよ。ジェイソンとマークはこの家の写真を撮り、その写真を売りたいだけだって」

セザリオはあきれ返った。「屋敷には貴重なアンティークや芸術作品があふれているのに？　そんなおめでたい人間がいるなんて、僕が信じるとでも思うのか？」

「父はおめでたいわけじゃないわ。ただ借金から解放されたかったのよ。自分の愚行が母に知られたら、母が苦しむことになる。そのために、何がなんでも悟られるまいと必死だったのよ」ジェスは苦々しく打ち明けた。「父はたぶん、それ以上のことは何も考えていなかったんだと思うわ。もちろん、父のしたことは完全に間違っている。これまで何年もこの屋敷に自由に出入りできたのは、従業員として信頼されていたからなのに、それを裏切ったんだもの。でもおそらく従兄たちは、最初から父にねらいを定めていたんだと思うの」

　セザリオは端整な口元を引き締め、険しいまなざしで彼女を見つめた。「君の父親が意図的にはめられたのかどうかは、とくに問題ではないと思うが。君の母親の病気のことも、借金の取り立ても、僕には関係のないことだ。僕の関心は消えた絵のことだけだ。誰からどうやって取り戻せばいいのか、君が知らないなら……」

「残念ながら、それについては私も父も知らないわ。父の役割は、カードキーを渡してアクセスコードを教えることだけだったから」

「泥棒と共謀して他人の屋敷に侵入する手立てを提供すれば、それだけで立派な罪になると思うが」セザリオは躊躇《ちゆうちよ》なく指摘した。

「父は本当に、盗みがおこなわれるとは知らなかったのよ。父は正直な人間よ。泥棒なんかじゃないわ」

「本当に正直な人間なら、君がいま話したような連中を僕の家に招き入れて、好き勝手はさせないだろう」セザリオはばかにした口調で言った。「そもそも、どうして僕に話そうと思ったんだ？　君は何を期待していたんだい？」

「私の父は犯罪のことは何も知らなかったの。その点を理解してほしかったのよ」

彼は皮肉たっぷりに口元をゆがめた。「君の証言だけを根拠にか？　実際問題として、絵は盗まれたのに？　しかもそれは、君の父親が任された責任を果たしていれば防げたことだ」

「ねえ、お願いだから話を聞いて」断固とした淡いグレーの瞳で、ジェスは必死に訴えた。「父は悪人でも不正直な人間でもないわ。自分が浅はかだったためにあなたが被害に遭って、心から打ちのめされて――」

「浅はかなどという甘いものではない。僕に言わせれば、信頼に対する重大な裏切りだ」セザリオは彼女の言葉を遮り、冷ややかに否定した。「もう一度質問する。こんなふうに僕に会いに来た目的はなんだ？」

ジェスは不安のこもったまなざしで、じっと彼を見つめた。「すべての事実をありのままに聞いてほしかったのよ」

セザリオは皮肉なまなざしを返し、辛辣《しんらつ》に笑った。「それで具体的には、何を期待していたんだ？　僕が君に興味を持っているから、君の父親を完全に許すとでも思ったのかな？」

ジェスの頬はぶたれたように熱くなった。思いもよらなかった。まさか彼がいまも私に惹《ひ》かれているなんて。「もちろん、そんなことは――」

セザリオは不信と軽蔑をあらわに、端整な口元をゆがめた。「それならそうと、せめて正直に認めたらどうなんだ。ただし、いくらそのすてきな体に欲望を感じるからといって、五十万ポンドもする絵を盗まれて、黙って目をつぶるわけにはいかないがね。それ相応の見返りでも期待できるのでないかぎり」

ジェスはショックを受け、唇をとがらして彼を見つめた。「あなたはいったいどういう人間なの？　私は別に、あなたに体を差しだそうとしたわけじゃないわ！」彼の言わんとすることに気づき、彼女は嫌悪の思いに息をのんだ。「とんでもないわ！」

「それならよかった。なにしろ僕は、この国のタブロイド紙が好んで書き立てるうわさに反して、セックスをするのに金を払うこともなければ、自分の体に値段をつけるような女性とかかわり合うこともないのでね」彼女のうろたえぶりをばかにし、セザリオは冷ややかに申しわたした。

「本当に、体を差しだそうとしたわけじゃないわ」ジェスは打ちのめされ、力なく繰り返した。

　セザリオの形のいい黒い眉がつり上がった。夜を思わせる黒い瞳に、動じる気配はない。

「それじゃあ僕は、なんの見返りもなく、君の父親をただ見逃すことを期待されていたわけか？　こういう深刻な状況において、本当にそういう取り引きが成り立つとでも思うのかい？」

「取り引きですって？　どういうこと？　まるで私の従兄たちのようなものの言い方をするのね。なんて浅ましいの」ジェスはつっかえながら非難した。そして屈辱を噛みしめつつジャケットをつかみとると、迷子になった袖《そで》を求めて苦戦しながら、傷ついたプライドと恨みに突き動かされていっきにまくし立てた。「言っておきますけど、私は誰彼かまわずベッドをともにする人間ではないし、体をお金代わりに利用することも、テイクアウトの食べ物みたいに扱うこともありませんから。そもそも私は……」

　彼女の息巻く様子に、セザリオは思いがけず興味をそそられた。どうやら彼女は、予想以上にお堅い女性らしい。なめらかな肌をした小さな体が自分のベッドでもだえる姿が思い浮かび、セザリオは慌ててその光景をかき消した。どうせそんな夢は実現するまい。

「それはよかった」

「バージンなのよ！」うっかり口走った瞬間、ジェスは凍りついた。なんてこと。「別に体を差しだすつもりはないんだから、あなたには関係のないことでしょうけど……」とんでもない告白をなんとか取りつくろおうと、言葉を続けた。「でも、実際のところ、父を見逃してくれるなら、体以外ならなんでも差しだすわ。本当になんとかしたいし……」

見ると、セザリオの目には明らかな不信の念が映っている。「バージン。まさか、その年で！」

ジェスは握ったこぶしをポケットに突っこみ、挑むように顎を上げた。「恥じることでもなんでもないわ。どうして恥じる必要があるの？　たまたま自分にふさわしい相手に巡り合わなかっただけよ。私はまったく気にしていないわ」

けれどもセザリオは、気にせずにいる自信がなかった。彼女が口にした新たな事実は、あまりに刺激的だった。そして彼は、はたと気づいた。彼女が僕のそばで居心地悪そうにするのは、そういうわけだったのか。あの晩もきっと僕の態度が強引すぎて、彼女をおびえさせたに違いない。あるいは、女性にまつわる僕のよからぬ評判のせいか。ジェシカ・マーティンには、まだ誰も手を触れていない。そう考えると、セザリオは強い願望にとらわれた。彼女に欠けている人生の基本的要素を教える最初の男性になりたい……。エロティックな想像に反応して下半身に力がこもるのを感じ、彼は悪態の言葉をのみこんで立ち上がった。

「ああ、どう説明すればあなたに父のことをわかってもらえるのかしら。きっと何か方法があるはずよ」ジェスは必死に説明を試みた。だがセザリオの表情は険しく、目はよそよそしくて、すでにこの件には関心を失ってしまったかのようだ。ジェスはうろたえた。さっき彼に何を期待していたのかと問われたとき、正直、自分でもわからなかった。母が病気で父が精神的に追いつめられていたことを話せば、彼の気持ちが動くのではないかと思っていた。けれども効果はまったくなく、彼の気持ちが動く気配は見られない。これじゃあまるで、石の壁に体当たりするも同然だわ。

ジェスの目に涙がこみあげ、グレーの瞳が液体となって溶けだすかのように見えた。セザリオは情に流される人間ではなかった。しかし彼女がいきなり見せた女性的な面に、とまどっていた。ずっと、彼女のことをタフで男勝りだと思っていた。獣医という男性的な職業に就き、神経質な種馬を相手に動じることもない。少しでも近づこうとするたびに、氷のように冷たい態度で僕の気持ちを打ち砕く。けれどもこうして涙を見せつけられ、彼はつい、口元まで出かかった辛辣な言葉をのみこんだ。

「お願い、いま言ったことを考えてみると約束して」ジェスは必死に訴えた。「父は本当は善人なのよ。ただ、とんでもない過ちを犯してしまっただけ。そのせいであなたが受けた損害や苦痛を過小評価するつもりはないわ。でもお願い、そのために父の人生を壊さないで」

「罪を犯した者を無罪放免にするわけにはいかないよ。僕はむしろ、〝目には目を歯には歯を〟というタイプの人間だ」セザリオは告げた。希望を抱かせるようなそぶりは見せなかったはずなのに、彼女がなぜそこまで食い下がるのか不思議だった。まさか僕が屋敷の前庭に絞首台を据えて、彼女の父親を見物人の前で処刑するとでも思っているのだろうか。

「お願いよ……」

セザリオはなおも繰り返す彼女の前にごく自然に立ち、ドアを開けてやった。もちろん、ジェス自身はこういう洗練されたマナーにはなじみがなかった。弟たちはドアへ向かって我先に突進するし、父もそういう習慣とは無縁だ。

「僕の気持ちは変わらないが、警察に話すのは明日まで待つことにする」そう答えながら、なぜそのような猶予を与える気になったのか、セザリオは自分でもわからなかった。

彼は玄関ホールに立ち、古い四輪駆動車で去っていく彼女を見送りながら、彼女の先ほどの言葉を思い起こした。〝父を見逃してくれるなら、体以外ならなんでも差しだすわ〟そうしてついに、彼は思いついた――自分が本当に手に入れたくて、お金では決して買えない唯一のものを。しかしその一方で、自分の正気を疑った。彼女をそんなことに巻きこむなど、とてもまともとは思えない。そもそも、そんな野望を実現させるだけの時間が残されているのか？

ああ、僕はやはりジェシカ・マーティンが欲しい。運さえ味方してくれれば、きわめて公平な条件で、僕がいま最も必要としているものを彼女から得られるかもしれない。いまいましい苦しみのせいで急速に影の差しつつある人生において、セザリオは何よりも気を紛らわせてくれるものを必要としていた。考えるだけで夜も眠れなくなるその女性を手に入れることができれば、それ以上の解決策があるだろうか。

もちろん、これは欲望だけの問題ではない。生来の抜け目なさから、彼はそう自分に言い聞かせた。彼女は性格的にもすばらしい。僕が過去に出会った大半の女性より優れていることは間違いない。勤勉で家族思いで、家族のために自身のプライドを犠牲にすることもいとわない。空いた時間とお金はすべて、世間に見放された動物を世話するために費やしている。僕のこれだけの富にも、決して誘惑されることはない。彼女は間違っても強欲な人間ではないし、確固たる信念の持ち主だ。セザリオは彼女のそういう部分が好きだった。だが、そういう高い道徳心があだになり、家族を救う妨げにはならないだろうか？セザリオの口元に計算高い笑みが浮かんだ。彼女に最後のチャンスを与え、一か八《ばち》か試してみよう。

その晩九時まで仕事をし、車の後部座席に身を寄せ合って眠る犬たちを乗せて家路に就くころには、ジェスは身も心もくたくただった。取り乱した母が父の逮捕を伝えてくるのではないかと、携帯電話が鳴るのを覚悟して待っていたが、連絡はなかった。セザリオ・ディ・シルベストリは明日まで待つと約束したが、彼が約束を守るという保証はない。そもそもこうして振り返ってみると、彼との無益なやりとりは、無理を要求した私のほうに非があると言えそうだ。

たとえセザリオが通報しなくても、ジェイソンとマークが事件への関与を問われれば、当然、父の名前が挙がるだろう。従兄たちは大喜びで父に罪をなすりつけるに違いない。盗みの全容を明らかにしないかぎり、盗まれた絵を取り戻すのは難しい。もちろん保険請求の問題もあるだろう。保険会社は、関係者逮捕のためにあらゆる手が尽くされたかどうかを確認するはずだ。その場合、あのような役割を演じた父をどうやってかばえというの？

留守番をしていた三匹の犬をフェンスに囲まれたドッグランから出したのち、ジェスは家の中へ入っていった。コテージは冷たく散らかっていた。キッチンの古い石炭ストーブの火が消えている。彼女はため息をつき、急いで服を着替えに行った。なんでもいいからさっさと食べて、外の動物たちの世話をすませてしまわなければ。耳の不自由なスコティッシュ・テリアのマジックが、鬱積《うっせき》したエネルギーを発散させつつ、ばねのように弾みながら駆けてきた。服を着替えて手を洗う合間に、ジェスは何度もボールを廊下に投げて取ってこさせた。痩《や》せた灰色の猟犬のウィードはドアのそばを行ったり来たりして、ご機嫌うかがいをしている。何年も愛情をこめて世話をしているにもかかわらず、ここが自分の居場所であることをいまだに確信できずにいるのだ。糖尿病で鼻面が灰色になりつつあるラブラドール・レトリバーのハーレイは、ジェスに再び会えたことだけで満足し、ベッドのそばに静かに横たわっている。

キッチンの窓際で立ったままサンドウィッチを食べ、牛乳を一杯飲んだのち、ジェスはすっかり暗くなった戸外に出た。動物たちにえさと水をやって小屋を掃除するのが毎晩の日課だ。それがすんで家の中へ戻ったら、今度はストーブに火をつけ直さなければならない。これもなかなか一度ではついてくれず、奥歯を噛みしめながらなんとかやり遂げた。

そうしてくたくたに疲れ、魂が抜けたような状態でベッドへ向かいかけたとき、携帯電話が鳴った。

「セザリオだ」豊かな響きを帯びたゆったりした声は、彼女に電話するのはいつものことだと言わんばかりの自然な口調だった。しかし実際には、彼が個人的に電話をかけてくるのはこれが初めてだ。

「なんのご用かしら?」彼女は用心深く答え、誰に番号をきいたのか問いつめたくなる衝動をぐっとこらえた。

「明朝九時に、また来てもらえないかな。提案したいことがあるんだ」

「提案?」ジェスは繰り返した。胸の内側で好奇心がうごめき、憶測が波となって押し寄せた。「どういうたぐいの?」

「電話では話せないたぐいだ」そのささやきは、あまりに魅惑的だった。「どうだい、来るか?」

「ええ、明日は休みだから」

電話を切ったあとも、ジェスは青ざめた顔でしばしその場に立ちつくしていたが、やがて朝からたまりにたまった緊張を発散させるべく、大きく息を吐きだした。驚いた犬たちが、それぞれの居場所で飛び上がった。セザリオ・ディ・シルベストリが、ついに私の言葉を聞き入れてくれたんだわ！　わざわざ電話をくれたのは、私の話について考え直してくれたということでしょう？　でもその代わり、彼は〝提案〟があると言っていた。言葉が違うだけで、要するにそれは、私の嫌いな〝取り引き〟と同じではないかしら？

その事実に気づいたとたん、安易な喜びと安堵《あんど》は色あせ、不安が頭をもたげた。結局のところ、〝目には目を歯には歯を〟を信条とする男性が、父の軽率さを無条件で許すとは考えにくい。彼は何を考えているのかしら。やっぱりセックスと関係があるの？　彼の評判と私に示した関心を思えば、それ以外の内容は考えにくい。ジェスは顔をしかめ、着心地のいいパジャマの内側の腹部と背中の傷のことを思い、身を震わせた。こんな傷を男性の前にさらし、原因を説明してあの恐怖をもう一度味わうなんて願い下げだわ。セックスなんて論外よ。しかも、彼の別れた恋人たちが安っぽい新聞のゴシップ欄で語っていた内容を考えると、セザリオが寝室で繰り広げるエキゾチックな性の冒険に私がついていけるとはとても思えない。

3

セザリオは、古いランドローバーからジェスが降り立ち、それに続いて数匹の犬が飛びだすさまを見守った。

今日は休みだと言っていたのに、少しは気のきいた服装をしようと思わなかったのだろうか。普通なら少しは期待するものだろう？　セザリオは思ったが、彼女はジーンズの上に彼でも着られそうなぶかぶかのTシャツを重ね、その上に案山子《かかし》にでも似合いそうな擦りきれたウールのカーディガンを羽織っている。体の線をほのめかす要素も、男の気を引く要素もいっさいない。セザリオは顎に力をこめ、整然と並んだ白い歯を噛《か》みしめた。

確率はとても低いが、万一この対談が合意に達したとしても、お互いかなりの譲歩を迫られることになりそうだ。彼女がオートクチュールの服に身を包むとは考えがたいし、僕のほうも犬の毛を我慢するつもりはない。

親しい友人を迎えるかのようなトマソの笑みに迎えられ、ジェスは応接室に案内された。気後れがするほど広い床には目を引くような黒と紫のパネルが敷きつめられ、ある意味でロック調とも言えそうな華やかな雰囲気をかもしだしている。贅沢《ぜいたく》なベルベットのソファとガラスのテーブルに加え、きわめてモダンなアート作品もまたしかりだ。数分後にトマソがコーヒーとクッキーを運んできて、まもなく主人が来ることを伝えた。

「仕事、仕事。まったく、いつも仕事ですよ」トマソは片手を耳に当てて電話を受けるまねをし、目をくるりとまわしてみせた。

緊張のあまりじっとしていられずに、ジェスはコーヒーカップを手に、色鮮やかな絵画のそばに近づいてみた。なんとなくゆがんだ顔のように見えるが、本当に顔を描《か》いたものかどうかはわからない。私の好きな絵といえば、伝統的な風景画や動物を描いた作品くらいのものだ。こんなふうに現代アートの貴重なコレクションを飾るために家の中のスペースを使うことはないだろう。そのとき携帯電話が鳴ったので、ジェスは片手で電話を取りだし、コーヒーカップを置くために急いでサイドテーブルまで戻った。電話は母のシャロンからだった。

母はひどく泣きじゃくり、何を話しているのか聞きとれない状態だったが、大筋はすぐにつかめた。どうやら父は朝食のときにすべてを打ち明けたのち、すべての質問と非難の言葉に背を向けて引きこもってしまったらしい。母はすっかり感情的になり、夫は窃盗に加担したかどですぐにでも刑務所送りになると信じている。

「あのばかばかしい休暇。何もかもあれのせいよ。あんなもの、行かなくても全然かまわなかったのに」シャロンはさめざめと泣いた。「おかげで家も何もかも失う羽目になるんだわ」

ジェスは眉間《みけん》にしわを寄せて尋ねた。「どういうこと?」

「だってお父さんがあんなことをしたあとで、あの忌まわしいミスター・ディ・シルベストリが私たちを自分の土地に住まわせてくれるわけがないでしょう?」シャロンは訴えた。「十八歳のときから暮らしてきた家なのに、いまさら失うなんて耐えられないわ。あなたの弟たちの仕事はどうなるの? マーティン家の人間は、二度と屋敷には立ち入りできなくなる。きっとみんな追いだされるのよ!」

いくらジェスがなだめても、母は聞く耳を持たなかった。母に言わせれば、自分たちにとって起こりうる最悪の事態はすでに起こり、一家はもう住む家と職を失っていて、家族は皆ばらばらになってしまうのだ。午前中にまた電話することを約束してようやく電話を切ると、セザリオが入口に立ってこちらを見ていた。

黙って観察されていたことに気づき、ジェスは一瞬、呆然《ぼうぜん》と彼を見つめ返した。フォーマルな黒いビジネススーツに鮮やかなシルクのネクタイを結んだセザリオは、それだけでとても優雅で近寄りがたい感じがする。力強い顎の線に沿って広がる黒い影だけが、彼の一日がずいぶん早くに始まっていたことを物語っていた。セザリオの容姿がすばらしいのはいつものことだが、それにしても、いまこの瞬間、彼は息をのむほどすてきだった。わずかに伸びた髭《ひげ》のせいで、隙《すき》なく身づくろいしたいつもの彼よりセクシーで野性的な感じがする。

「母からよ。その……父がようやく勇気を出して、自分のしたことを話したらしくて」ジェスはぎこちなく説明し、電話をしまった。セザリオについて考えていたせいで、頬が熱くなっていた。「ひどく動揺していたわ」

「そうだろうな」セザリオは、彼女の繊細な顔に刻まれたストレスの深刻さに気がついた。そして、その不安を消し去る力が自分にあることを思い、悦に入った。ゆうべは横になったまま、自分は何が欲しいのか、そのためにはどうするのがいちばんか、ずっと考えていた。精神的な欲求や非現実的な希望を排して単純明快な取り引きにするにはどうすればいいか。本質的に相互の独立を維持するためにはどうするのがいいか。

「提案というのは……」ジェスはささやくように言い、緊張を隠すために両手をポケットに入れた。

「最後までよく聞いてから答えてほしい」セザリオは静かに告げた。ひどい服装にもかかわらず、まっすぐに彼を見つめるジェスは驚くほど美しい。セザリオは何を話すつもりだったのか思い出すのに苦労した。「そして忘れないでほしいのは、この取り引きが終了するころには、君がきわめて有利な立場に置かれているだろうということだ」

謎《なぞ》めいた前置きにとまどいつつも、ジェスはこれから聞かされることに備えてゆっくりうなずいた。

セザリオは油断なく目を細めた。「基本的には、僕が君に手を貸してもらい、その返礼として君の父親の起訴を断念するという内容だ」

ジェスは期待に目を見開き、大きく息を吸いこんだ。「わかったわ。私は何をすればいいの？」

「僕は子どもが欲しい。ただし通常とは異なる方法で」セザリオは用心深く説明を始めた。ジェスが驚いて見上げると、端整な横顔は硬く張りつめている。「僕には、ひとりの女性と巡り合って残りの人生をともにするといったことができるとは思えない。だが半面、もっと実用本位の結婚ならやっていけるんじゃないかと思うんだ」

ジェスの眉間にしわが寄った。セザリオはいったい何が言いたいの？　そういう話が父のこととどう関係しているのだろう。「実用本位の結婚というのは……どういうこと？」自分が何か誤解しているのではないかと思い、彼女はおずおずと尋ねた。セザリオが自分を相手に結婚について話そうとしているとは、どうしても信じられない。

「要するに、愛、ロマンス、永遠、といった非現実的な理想や期待を排除した、単純明快な契約としての結婚ということだよ」セザリオの口調に熱がこもった。「君が僕と子どもを作ることに同意するなら、僕は君と結婚し、二年以内に君を解放して、二度とお金の心配をせずにすむように取りはからおう」

とんでもない提案と、それが寛大な申し出であると信じて疑わない彼の態度にジェスは驚きのあまり一瞬顔をそむけ、再び勢いよく彼を振り返った。「冗談でしょう？　あなたのように若くてハンサムでお金持ちの男性が。あなたと結婚して家庭を築きたいと願う女性はいくらでもいるはずよ」

「だが僕は、欲の皮の突っ張った快楽主義の女性を妻にはしたくない。あるいは、そういう女性を僕の子どもの母親にもしたくない。僕が求めているのは、僕の条件に同意し、それ以上の永続的なものを求めない、知的で独立した女性だ」

知的で独立した女性と認められたことに関しては、ジェスも悪い気はしなかった。「でも、ひとりの女性とずっとつき合いたくないなら、どうして子どもが欲しいと思うの？」

「両者は必ずしも両立不可能ではない。子どもとの関係は責任を持って続けていく」セザリオはきっぱりと答え、自分の論が良識にかなっていることを強調した。「僕は無責任なことはしない」

ジェスはゆっくりと首を横に振り、不賛成の意を表明した。「自分にふさわしい女性と巡り合うのが待てないくらい、子どもが欲しくてたまらないというの？」

「そうだと答えて子ども好きをアピールしたいところだが……」セザリオのセクシーな口元に力がこもり、これまでジェスが見たことのない真剣な表情になった。「子どもが欲しいのは本当だが、それだけが理由ではない」

ジェスはとくに驚くでもなく、うなずいた。「そうだろうと思ったわ」

「僕は代々続くディ・シルベストリ家の跡取りだ」セザリオは宣言し、黒い目を細めて窓の外の遠くの一点を見やった。その姿はどこか超然として、それまでの歯切れのいい口調も、奇妙に抑揚のない淡々とした話し方に変わっていた。「僕の祖父は一族の歴史をたいそう誇りにし、家系図を調べることに生涯執念を燃やしていた。そんなわけで、祖父は僕自身に相続人がいなければ、父が残したトスカーナの地所を相続できないように条件をつけたんだよ。息子でも娘でもかまわないが、とにかく僕自身に跡継ぎがいなければ、僕は一族の屋敷を手に入れることはできない」

「とんでもない話だわ。なんて横暴なの」ジェスはあきれ返った。「だってあなたはゲイだったかもしれないし、子どもにはこれっぽっちも興味を抱かなかったかもしれないわけでしょう?」

「だが、僕はゲイではない」セザリオは冷ややかに指摘した。「したがって、このプロジェクトも実現可能だと思う」

「プ、ロ、ジ、ェ、ク、ト……。子どもをこの世に送りだすことがプロジェクトだというの?」ジェスは驚いて繰り返した。頭の中がひどく混乱している。

なんという皮肉かしら。私たちの間には共通点などかけらもないと思っていたのに、互いに似たような望みを抱いていたなんて。ジェスは思った。ただし、セザリオが主として実利的な理由から子どもを欲しがっているのに対し、私が子どもを欲しいと願うのは、愛情を注ぎ、人生をともにしたいからだ。

「自分が一族の土地を相続するために子どもをこの世に送りだすなんて、完全に間違っているんじゃないかしら」

「それはひとつの見方にすぎない。僕はその子を愛するし、子どもは最高の教育と充分な扶養を受けて、最終的には僕の持つすべてを相続することになるだろう」セザリオは動じることなく答えた。「それがどんな子どもであろうと、僕の子として生まれれば、いい人生が送れる」

「それなら代理母にでも頼めばいいでしょう」ジェスはぞんざいに言った。「そのほうが、まだまともだわ」

「それでは僕の望む要件は満たされない。世間に向けては、子どもはごく普通の結婚の結果として生まれたように見せかけたいんだ。それに、自分の息子ないし娘には、母親の愛情と慈しみを与えてやりたい。僕自身は母親なしに育ったのでね」彼はそう打ち明け、セクシーな口元をゆがめた。「自分の子どもには、そういう思いはさせたくない」

「でもあなたの話からすれば、きっと子どもの親権はすべて自分が握るつもりなんでしょうね」ジェスは指摘した。

「いや、僕は共同親権と訪問権さえ確保できればいい。子どもが健やかに育つためには、どうしても母親が必要だからね」

「父親だって必要だわ」自分の子どものころを思い出し、ジェスはぼんやりとつけ加えた。子どものころ、父親が自分に注目してくれると特別にうれしかったものだ。

「もちろんだ」セザリオは認めたが、その際のはねつけるような口調と険しい表情に、ジェスは目を奪われた。私の言葉が、彼の中にいったいどんな不幸な記憶を呼び覚ましたのだろうか。

ジェスはゆっくりと深呼吸をした。頭の中では、たったいま彼から説明を受けたとんでもない提案が駆け巡っている。そこに見つけた落とし穴の手前でしばしためらったのち、彼女はきっぱりと否定した。彼の要求はありえないどころか、完全に常軌を逸している。好きでもない男性と結婚し、ベッドをともにして子どもを身ごもるなんて私には不可能だ。いまこうして考えるだけでも胃が裏返り、気まずさに顔が熱くなる。

「せっかくだけど、あなたと結婚するのは無理よ」彼女は早口に告げた。

セザリオはきわめて冷静なまなざしで、彼女を推し量るようにじっと見つめた。どうやら彼女は会話の内容にうろたえているようだ。だがここで断られては、このような提案を口にしたこと自体を僕自身が後悔することになる。「これが君にとって唯一の選択肢だということを忘れないように。僕としては、これ以外に君に提案できることはない」

「だって、とてもまともな提案とは言えないわ」ジェスは顎を上げ、敢然と挑んだ。

「そんなことはない」濃いまつげの奥で、黒い目が金色に光った。端整な顔に映った表情を見るかぎり、一歩も譲る気配はなさそうだ。「僕はその代償として、君の父親と泥棒仲間を無罪放免にする。しかも、警察にも保険会社にも申告できないわけだから、金銭的な補償も得られず、あの絵をこのまま完全にあきらめなければならないことになる」

彼の側から見た取り引きの実態を突きつけられ、ジェスははたと我に返った。彼が取り引きをしたいと言ったのは、冗談でもなんでもなかったんだわ。貴重な絵画を失う代わりに、彼は見返りを求めている。当然でしょう？　彼女は自分に言い聞かせた。セザリオ・ディ・シルベストリが、人に何かを奪われたまま黙っているとは思えない。そして彼の目下の望みは、通常の結婚につきものの責任や期待を引き受けずにすむ形で父親になること。

セザリオ・ディ・シルベストリについて聞き知っていることから判断すれば、それは確かに理にかなっているように思えた。これまで、どんな女性も彼の関心を長くつなぎ止めておくことはできなかったようだし、彼がひとりの女性のもとに落ち着いて家庭におさまる姿は想像しがたい。半面、妻となり自分の子の母親となる女性を完全に実用性に基づいて選ぶだけなら、彼に求められる制約はぐっと少なくなる。きちんとした妻を演じるだけの相手なら、彼はそれほど時間を奪われることも、関心を求められることもないだろう。なるほど、そういう視点に立って考えれば、彼にとって悪い話ではない。

それじゃあ、妻の視点から現実的に見たら？　契約に基づく妊娠と、あらかじめ合意された離婚？　ジェスは組んだ両手をじっと見つめた。彼の提案は、私が以前考えていた人工的手段による妊娠よりも軽蔑《けいべつ》に値するかしら。そのときも、いくら子どもが欲しいとはいえ、精子バンクを訪ねて見も知らぬ男性の子を身ごもるという考えにはなじめなかった。でも人工授精なら、少なくとも実際の親密な行為は避けられる。

「君に惹《ひ》かれているのでなければ、僕もこんな選択肢を与えたりはしないよ」セザリオがささやき、ハスキーな声が愛撫《あいぶ》となってジェスの張りつめた背筋をなでた。

グレーの目に苦悩を映し、ジェスは彼を見上げた。弾丸の雨が降り注ぐ中、身を隠す場所もなく立ちつくす人間になった気がする。彼の申し出を受け入れるわけにはいかない。子どもを身ごもるのはもちろんのこと、世の中にはお金で買えない神聖なものがある。頭の中の声が、繰り返し命じた。けれども、ほかに方法はなく、父がとんでもない窮地に陥っているのも事実だ。

「君が帰るまでに合意に至ることができなければ、警察に連絡する」セザリオが静かに告げた。静かな声が、かえって冷たく非情に聞こえた。「君の父親の関与を示す証拠も手に入れた」

「だって、つき合ってもいないのにいきなり子どもを産めなんて、ありえないわ！」ジェスは耐えきれずに声をあげた。

「どうして？　世の中の女性は毎日のように愛してもいない男性と結婚し、子どもを産んでいる。結婚とはそれなりの理由に基づいて交わされる法的契約だ。お金や安定、社会的地位のために結婚する女性は少なくないよ」セザリオは主張した。「君だって、そんなにとんでもない犠牲を求められているわけではないだろう」

ジェスはうっかり言い返しそうになったがぐっと口をつぐみ、グレーの目に怒りを浮かべて、無理難題を突きつける彼をにらみつけた。彼女に言わせれば、セザリオの常軌を逸した提案は、いかにも彼らしい傲慢《ごうまん》さと鈍感さの表れにすぎない。セザリオのために子どもを産むなんて、およそまともなこととは思えないし、実行可能だとも思えない。静かな暮らしを好む彼女にとって、彼の好みやライフスタイルは嫌悪の対象にほかならない。まして、よく知りもしない相手とベッドをともにするなんて。「そうかしら？」

「そうだとも。僕の知るかぎり、君にはつき合っているボーイフレンドがいるわけでもないし、僕も誰かに束縛を受ける身ではない。君が僕の妻になってくれたら、僕は敬意を持って寛大に扱うよ。僕のためにわざわざイタリアに引っ越せとも言わないし、君はこの家に住めばいい。実際のところ、君の生活はそれほど変わらないんじゃないかな」

ジェスは、これまでと変わらない生活の中で彼女のベッドに横たわるセザリオの姿を想像した。そのあまりの突飛さに思わず吹きだしそうになったが、慎重を期して、性急に返事をするのはやめにした。

「君がいちばんとまどっているのは、おそらく妊娠の件だと思うが――」

「いいえ」いきなり彼の言葉を遮ったことに、ジェスは自分でも驚いた。「私もそろそろ子どもが欲しいという思いはあるわ。たとえそれがシングルマザーになることを意味してもね。でもあなたは本当に、このことをじっくり考えてみたの？　たとえ私と結婚しても、妊娠するとはかぎらないのよ」

「その場合は残念だが、運命だと思って潔くあきらめる」セザリオはきっぱりと宣言した。

窓から差す日を浴びて、彼の大きな体がブロンズ色に輝き、黒い目がトパーズ色にきらめいている。その姿を見つめるうちにジェスの頬は熱くなり、心臓のリズムが加速して、彼に対する反感をさらにあおった。私がノーと答えるとしたら、それは自分に自信がないからだ。けれども自分に選択肢があるとは思えない。実際のところ、父が刑務所に入り、それによって愛する家族がばらばらに引き裂かれることを考えると、本当の意味で選択肢があるとは言いがたい。

いまから約三十年前、ロバート・マーティンはジェスを自分の子として育てることをシャロンに約束した。まわりの人々は皆、ジェスが彼の子だと思っていたので、娘が一歳近くになるまでシャロンと結婚しなかった彼を非難したが、それでも彼は黙って約束を守りとおした。未婚で子どもを産むことが、田舎ではまだゆゆしき問題だった時代だ。いくらシャロンを愛していたとはいえ、彼女のほうはロバートを愛していないと明言してはばからなかったのだし、彼が母と結婚したのは大きな賭《かけ》だったに違いない。ジェスは思った。

そういう計り知れない不安の中で前に踏みだすためには、目をつぶり、思いきって闇《やみ》の中に飛びこむしか道はないのかもしれない。

「わかったわ。あなたと結婚するわ」いきなり口をついて出てきた言葉に自分でも驚きながら、ジェスは性急に決心してしまったことに対する不安を懸命に抑えつけた。

驚いたことに、セザリオ・ディ・シルベストリの顔に笑みが広がった。それも、端整な唇を皮肉っぽく上に向けるだけのいつもの味気ない笑みではなく、堂々たるカリスマ性を備えたまばゆいばかりの笑みだった。セクシーな大きな唇に浮かんだその笑みのせいで、憂いを帯びた端整な顔がとても生き生きとして見える。

「後悔はさせないよ」彼は自信たっぷりに請け合い、合意のしるしに彼女の手を取った。その手を放す際に、彼はふとジェスの手の甲にうっすらと延びる白い線に気がついた。

「これは？」

ジェスは凍りつき、青ざめた。突然のように心臓が異常な速さで打ち始める。「事故の傷よ。昔のね」慌てて手を引きたくなる衝動をかろうじて抑え、彼女はとっさに答えた。

「かなり大きな事故だったんじゃないのか？」セザリオは言い、手を放した。

最悪のタイミングだった。ジェスの頭におぞましい記憶がよみがえった。たったいま彼との結婚に同意したばかりだというのに、すでに激しい疑念と後悔の念が渦を巻いている。しかし彼女は頑としてそれらの感情を抑えつけ、過去の苦しい記憶ではなく、未来のことだけに意識を集中させてうなずいた。結果がよければすべてよし、よ。必死に自分にそう言い聞かせた。欲しいものを手に入れるのはセザリオだけではないわ。私だって……。生まれた子どもが私の子であることに変わりはない。しかもその子は、父親からも恩恵を受けることができるんだもの。寝室での営みについて思い悩むのはやめにしよう。それについては、その場になってから考えればいい。

「スタッフに言って、さっそく結婚式の準備を始めさせよう」セザリオが言った。

ジェスはとまどい、彼を見つめた。「そんなにすぐに？」

「もちろんさ。君の気が変わるといけないからね、僕の小さな恋人《ピッコラ・ミア》」セザリオは彼女の全身に視線を走らせ、端整な口元に、ジェスの嫌いなあの皮肉な笑みを浮かべた。「それに、僕たちのプロジェクトに取りかかるのに、ぐずぐずして時間を無駄にする理由はないだろう？」

「そうね」ジェスは口の中でもぐもぐと答え、身をかがめてジャケットを取り上げた。

セザリオが片手を差し伸べ、ジェスがその意味を理解できずにいると、彼は洗練された態度で彼女の手からジャケットを奪い、たたまれた服を広げてみせた。遅まきながら彼の意図に気づき、ジェスは頬を赤らめて体の向きを変え、袖《そで》に腕を通した。襟に挟まった髪を彼が外に出してくれるのを感じ、着慣れた服の内側で、彼女は身を硬くした。

「髪を下ろした姿を見るのが楽しみだよ」ハスキーな声に期待をにじませ、セザリオがささやいた。

振り返ったジェスは、彼の声に潜む暗い響きと熱っぽいまなざしに不安をかき立てられ、慌てて一歩後ろに下がった。どういうわけか、相手が彼だと自分の体がひどく意識され、自分がどうしようもなく不器用で青くさい人間になったように感じられてしかたがない。

ジェスは身を守るように胸の前で腕を組んだが、セザリオはそれを無視し、彼女の頰に人差し指を当てた。「君は僕の妻になるんだ。僕に触れられることに慣れてもらわなくてはね」

「私にいったいどうしろというの？」ジェスは憤然として尋ねた。彼のせいで自分がかくもあっさり十代の娘のようにぎこちなくなってしまうことが腹立たしかった。

セザリオは彼女の片手をつかむなり、容赦なく引き寄せた。「まずはもっと体の力を抜くことかな」

ジェスの体が震えだし、閉じた唇の内側で嚙み合わせた歯がかちかちと鳴った。

「キスをするだけだ」彼はなめらかに告げた。

ジェスは凍りつき、グレーの目が動揺を映して揺れた。「だめよ——」

「とりあえず始めないことには、ピッコラ・ミア」

意外にも彼が手を放したので、ジェスは急いで自分の手を引っこめ、さらに後ろに下がりかけた。けれども、はたと気づいた。私はもはや、自分の気持ちにかまっていられる立場ではないんだわ。キスも許さないとなれば、取り引きの履行は無理と見なされ、話はなかったことにされるだろう。彼女は凍りついた。自分がはかない小鳥になり、飢えた猫が忍び寄ってくる気分だった。

セザリオが勝ち誇ったように静かに笑うと、ジェスの頬はいっきに熱くなった。セザリオを見上げた彼女は、その大きさを改めて思い知った。百八十センチをゆうに超える身長と、筋肉に覆われたたくましい体。ジェスは顔から血の気が引いていくのを感じた。怖がる必要はないのだといくら頭が言い聞かせても体は聞く耳を持たず、勝手に後ろに反り返って危うくバランスを失いかけた。耳の中で心臓の音がわんわんとこだましている。

「僕には得意なことがいくつかあるんだ。これもそのうちのひとつだよ、ピッコラ・ミア」セザリオは生来の自信に満ちた口調で言った。

彼の唇が、風に運ばれたたんぽぽの綿毛のようにごくそっと、ジェスの閉じた唇をかすった。もっと情熱的なキスを予想していた彼女は完全に虚を突かれ、胸の内側で心臓がさらに激しくとどろきだした。すると彼の唇が再び彼女のもとに舞い戻り、ジェスは緊張に身を硬くした。しかし彼を拒むべく引き結んだ唇の合わせ目を、彼の舌先がそっとなぞったその瞬間、思いがけず彼女の体は生き生きと目覚めだした。

痛みにも似た感覚を伴って震えが駆け抜けるのを感じながら、ジェスは唇を開いて彼を迎えた。ゆったりとした、熱く濃密なキスだった。胸の先端が硬くなるのを感じ、彼女はショックに打たれた。胸がふくらんで大きくなり、下着に締めつけられる感じがしてうまく呼吸ができない。感じやすい口の中を彼の舌がエロティックにさまよい、脚の間がみるみる熱く潤う。

「もう充分よ」ジェスは震える声で訴え、彼の大きな肩を押し戻した。顔が恐ろしくほてっている。またしても彼の唇の感触を楽しんでいた自分が信じられなかった。前回彼にキスをされたとき、彼の内側に募る情熱を感じておののいたのは、単なる偶然だと思っていた。

「いや、まだまだこれからだ」セザリオはかすれた声で告げ、くすぶるような黒に金色の輝きを帯びた目で、そむけられた彼女の横顔をたっぷりと眺めた。再び彼を見上げたとき、ジェスは互いの視線がぶつかるのを感じ、慌てて目をそらした。

「結婚というのは、いつごろを考えているの?」自分を見つめる彼のまなざしに息をのみ、ジェスは急いで話題を変えた。そして震えだしそうになるのを、ぐっとこらえた。セザリオに追いつめられている感じがする。いくら経験がないとはいえ、彼の欲望の強さは見ればわかった。彼が父の自由と引き替えに結婚を申し出たいちばんの理由はそれだろう。それならば、せっかくの強みを自分から無駄にするようなまねはできない。

「準備が整いしだい。本格的な式にしよう」セザリオはためらいなく宣言した。「ドレスを着て、大勢のゲストを招待して、盛大に花嫁を見せびらかすんだ」

「本当にそういうことが必要なの？」大勢の見知らぬ人々の前ではにかむ花嫁の役を演じることを思い、ジェスは顔をしかめた。

「そうしないと、普通の結婚らしく見えないからね」セザリオは指摘した。

「私の家族には、いったいなんと言えばいいのかしら」

「本当のことは黙っているんだな。これは二人だけの秘密だ」彼の口調は警告の響きを帯びていた。

もちろんジェスは母にはありのままを話すつもりだったが、セザリオの前では不用意な発言は控えることにした。父に対しては、本人が責任を感じることのないよう、話を取りつくろうことになるだろう。彼女はゆっくりと息を吸って吐いた。自分が置かれている状況のいい面だけに意識を集中させ、呪文《じゅもん》のように唱えて気持ちを落ち着かせる。父は愚行の代償を支払わずにすみ、家族は離れ離れにならずにすむ。私は子どものころからの夢だった赤ちゃんを授かり、母がこだわる結婚指輪も手に入れる。

そうよ。これが結婚というよりプロジェクトだからといって、気にすることなどあるかしら。大丈夫、私は現実的な人間よ。それに、もし彼がキスの続きも得意なら、私もいずれは、もっと親密な行為に向き合えるようになるはずだわ。女性が結婚するのは愛のためとはかぎらない。ジェスはかたくなに自分に言い聞かせた。男性だってそうよ。セザリオがいい例だ。彼ならもっとすてきな結婚ができるはずなのに。彼がそれでかまわないなら、私だって充分なはずだわ。

「どうして私なの？」考えるより先に、ジェスは尋ねていた。

セザリオのまつげが下がり、輝く黒い瞳を覆い隠した。続く答えに、ジェスは言葉を失った。

「婚礼の夜にもう一度きいてごらん」

4

「そのフルスカートのドレスがいいわ」ジェスは頑として主張し、セザリオが雇ったトップ・スタイリストのメラニーが眉をつり上げるのを無視した。せめてウエディングドレスくらいは自分で選びたかった。「私にはそれがいちばん似合うと思うの」

「ええ、ええ、本当にきれいだわ」シャロン・マーティンも娘の選択を手放しで喜んだ。

「わかりました。そういうきらきらしたものがお好みでしたら」メラニーは冷ややかに言い、スタッフの女性にそのドレスを広げてみせるように指示した。胴の部分を飾るパールのビーズとスカート部分にちりばめられたクリスタルが、光の中でまばゆく輝いた。「これならきらきらに不足はないでしょう」

自分でも意外な選択だった。普段は簡素なものが好みなのに、気恥ずかしいほどロマンティックなそのウエディングドレスをひと目見た瞬間、ジェスはすっかり魅了されてしまった――メラニーはもっと控えめなサテンのコラムドレスを勧めていたが。

そのことで、ジェスがささやかな勝利を噛《か》みしめたことは否めない。世界に名だたる大物実業家の妻という役割を演じるために、彼女はすでに山ほどの衣装を押しつけられ、そのたびに自分の好みはやんわりと無視されてきた。セザリオが完璧《かんぺき》主義者ですべてにおいて抜かりがないのに対し、ジェスは細かいことにはなるべく手をかけたくない性分だ。セザリオのように自分のやり方を押しとおすことに慣れている男性を相手に、服のようなつまらないことを電話で言い争っても疲れるだけで意味がない。彼女はすでにそのことを学んでいた。

十代の終わりに悲惨な事件に巻きこまれて以来、ジェスは服やメイクにすっかり興味を失った。そのほうが安心でほっとできるからだが、そのため、ファッションに関して流行遅れになってしまったのは事実だ。そのため今回も、おとなしくまわりに言われるがまま、されるがままになってきた。おかげでこれまで手に負えなかった豊かな巻き毛はきちんと手なずけられ、眉は抜かれて、見栄えはずいぶんよくなった。けれどもそのために美容院でさんざんな時間を費やしたうえ、フェイシャル、マニキュア、ペディキュアと続くに至り、彼女は完全にうんざりした。私はこのむなしい作業に、永遠に耐えなければならないのかしら。

セザリオ・ディ・シルベストリとの結婚に同意してまだ三週間にしかならないというのに、私がこれまで築いてきた快適な生活の軌跡はみるみるかき消されつつある。結婚式は十日後に迫っているが、セザリオは仕事で外国へ行ったきりだ。それでも彼女のもとには特別便で巨大なダイヤモンドの指輪が届けられ、すでに薬指を飾っていた。ジェスのまわりではまったく読まれていない上流階級向けの大判紙に二人の婚約広告が掲載され、昨日はさっそく、難産の子牛を取り上げたあとのとんでもない姿をマスコミのカメラマンに撮られた。

〝これが世界を飛びまわる男《ジェットセット》の花嫁？〟と題した写真が今朝のタブロイド紙の紙面を飾り、同僚にそれを見せられたが、ジェスは顔をしかめただけだった。現場で悲惨な姿をさらすのは、職業柄、避けられない。ところがセザリオは、その件で話があるからと、彼女をランチに呼びだした。

「セザリオを好きになってはだめよ」家に帰る車の中で、母は心配そうに娘を見やった。

「あなたが傷つくことになるんじゃないかと気が気でないわ」

「本当の結婚じゃないんだもの。好きになんかならないわよ」ジェスはおもしろがるように受け流した。セザリオとの結婚について、母に本当のことを打ち明けたのはまずかったかしら。

「ごまかしてもだめよ。相手の男性と子どもを作るとなれば、それは紛れもなく本物の結婚だわ」母は不安げに口にした。「それにあなたは、自分で思っているより、周囲の人に対して優しすぎるところがあるから」

「だって、これまで三十一年近く生きてきて、一度も誰かを好きになったことがないのよ」

「それは大学時代に、あの男のせいで男性を寄せつけなくなったからでしょう」顔を大きくしかめたのち、シャロン・マーティンは娘の顔が急に張りつめ、色を失ったことに気がついた。「セザリオはあんなに魅力的なんだもの。きっと、あなたが自分で思っているよりより簡単にまいってしまうわ。だって毎日一緒に生活し、人生をともにするのよ」

「私たちがともにするのは、子どもが欲しいという目的だけよ」頬を赤らめつつも、ジェスはきっぱりと指摘した。母にはすべてを打ち明けたうえで、父には黙っているように約束をとりつけてある。父はジェスがひそかにセザリオとつき合っていたという話をあっさり信じ、億万長者だろうがなんだろうが、美人の娘に夢中にならない理由はないと納得している。「その点はセザリオも断言しているわ。彼は自分の時間と生活空間が大事なの。子どもは欲しいけど、それはそれ。妻の座が気に入って居座ってしまう相手では、彼のほうも困るのよ」

「そりゃあ、あなたたちの結婚が便宜結婚だということはわかっているし、ロバートと私もそうだったけれど……」

「お父さんとお母さんの場合とは違うわ」ジェスは訂正した。「お父さんはお母さんのことを愛していたんだもの。お母さんのほうはその時点では違ったかもしれないけれど、その点は大きな違いだわ。セザリオと私は、結婚前からすでに離婚に同意しているのよ」

「物事から感情を切り離しておくのは、あなたたちが思っているほど簡単なことではないのよ」シャロンは娘の言葉に納得しなかった。

村の中心部にあるテラスつきの家に母が入っていく姿を見届けたのち、ジェスは古いランドローバーの向きを変え、セザリオとの昼食のためにホルストン・ホールへ向かった。ジェスが結婚のことを打ち明けたとき、母のシャロン・マーティンは初めこそショックを受けていたが、それが過ぎると、愛する娘が裕福な実力者と結婚することに胸を躍らせた。もちろんジェスも、その内容をきわめて前向きなものとして伝えた。

ジェスは地所内の大きな公園に通じる一般車用の入口の前を運転していった。セザリオが一般開放しているその部分には湖があり、多額の費用を投じて作った遊び場があり、木の散歩道とピクニック用スペースも整備されている。数世紀にわたって屋敷を所有してきたダン‐モンゴメリー一族が地元のためにしてきた以上のことを、数年前に屋敷を購入した外国人のセザリオ・ディ・シルベストリがすでに果たしているというのは、なんとも皮肉だった。私がきわめて打算的な理由で結婚しようとしている相手は、他方ではすばらしい公共精神の持ち主というわけね。ジェスは不本意ながら認めた。

車を降りてアーチ型の正面玄関を目指しながら、ジェスは動悸《どうき》の速さと呼吸の浅さを自覚していた。そして、頭の中で総点検を始めた。大丈夫、婚約指輪ははめている。髪もきちんとまとまっているし、エレガントなパンツと裾《すそ》にレースをあしらったグレーのカシミアのアンサンブルも問題ない。あとは真珠のネックレスでもあれば完璧ね。彼女は思わずにっこりとした。今朝は鏡に映った自分を見て、ほとんど誰だかわからなかったほどだ。セザリオとの結婚は、これまでの彼女にはなじみのない、さまざまな面倒をもたらすことになりそうだ。

いつものようにトマソが愛想よく出迎え、彼女を応接室へ急《せ》き立てた。

「ジェシカ……」セザリオが、猫科の捕食動物を思わせる優雅な足取りで近づいてきた。その姿に、ジェスは毎回のように目を奪われてしまう。

そして憂いを帯びた端整な顔が目に留まった瞬間、セクシーな唇が自分の唇に重なったときの熱と味わいがよみがえり、彼女の頬はピンク色に染まった。なんてハンサムなのかしら。すてきすぎるわ。ジェスは不機嫌にそう思いながら、自分よりも長いまつげに縁どられた黒い瞳と視線を合わせた。硬くなった胸の頂から下腹部に向かって熱い液体がゆっくりと体を伝い、ふとどきな期待となってその場にたまった。その感覚はジェスの不安をあおり、先ほどまでの自信をのみこんでしまった。

セザリオは彼女の小さな体を注意深く観察した。繊細な体にぴったりと沿う服のおかげで、これまでよりぐっと垢抜《あかぬ》けて見える。彼女の美しい顔の造作と肩に下ろした豊かな黒髪を、彼はうっとりと眺めた。「ずいぶん見違えたな」

「大げさよ」ジェスはおずおずと答えた。お世辞を言われ、ひどく落ち着かなかった。

「これと比べたらそうでもないさ」セザリオは冷ややかに言い、コーヒーテーブルの上にあった新聞を取り上げた。彼が新聞を広げると、そこには泥だらけの長靴と服に身を包んだ彼女の写真が載っていた。「よくもこんな格好で人前を歩けるな」

ジェスは横っ面をはたかれた思いがした。彼女は気持ちを引き締め、顔をもたげてまっすぐに相手を見すえた。「その写真を撮られたときには、直前まで三時間かけて牛のお産に立ち合っていたの。母牛はかろうじて命を取り留めたけど、子牛は死んで、私も泥だらけでくたくただったわ。そういうことも、私の日々の仕事のうちなのよ」

「僕の未来の妻として、自分のイメージにはもっと気を配ってもらいたいものだな」セザリオは彼女の主張など耳に入らなかったかのように、わざとらしく言葉を引き延ばした。

ジェスは反抗的に顎を上げた。「相手は私のなるべくひどい格好をとらえようと待ち構えているのよ。どうしようもないじゃない。そんなくだらないこと、私はどうでもかまわないわ」

「この件に関して議論の余地はない。とにかく、君が公衆の面前で汚い格好をして歩くのを認めるわけにはいかない」セザリオは冷ややかに申しわたした。

「それは問題だわ」ジェスは言い返した。そのような不当な言われ方をされては、一歩たりとも譲るわけにはいかない。「獣医という仕事は往々にして汚れ仕事だし、外で働くこともしばしばなのよ。四六時中あなたの完璧なお人形でいるために、仕事をあきらめるつもりはありませんから」

「別に人形でいろと言っているわけではない」セザリオはあきれ返った。そんな格好を新聞に載せられて平気でいられる神経がとても理解できない。

「でも私は、婚約後三週間にして、すでに着せ替え人形になった気がしているわ。私のことを、買い物をするか、美容院に座って時間の無駄としか思えないトリートメントに延々と耐えるしか能のない人間だとあなたが考えているとしか思えないけれど」ジェスは怒りに駆られて相手を責め立てた。これだけ多くの試練を素直に受け入れてきたというのに、彼の発言はあまりに不当だ。

「僕が口出ししなければ、君は自分の容姿にいっさいかまおうとしないだろう。女性は一般に、自分をなるべくよく見せようと努力するものだ」セザリオは不機嫌そうに訴えた。

「君には、自尊心というものがないのか？」

「私に自尊心があろうとなかろうと、あなたには関係ないでしょう！」容姿に注目されたくないと思っていることを見透かされ、ジェスはいらだちを募らせた。「私はごく普通の働く女性よ」

「君の場合は働きすぎで、女性であるための時間がなさすぎる」あくまでも聞く耳を持たない彼女を、セザリオは不快感もあらわににらみつけた。「いったい一日に何時間働いているのやら。家にはほとんどいないうえ、珍しくいるかと思えば例の犬たちを追いまわしているんだからな。とんでもない話だ」

短絡的な評価に、ジェスの顔にゆっくりと怒りの表情が広がった。「あなたは知的で自立した女性がいいと言っていたけど、どうやらあれは嘘《うそ》だったようね。私にとって、仕事は人生でいちばん大切なものよ」

「いちばん大切なのは家族ではなかったのか?」

ジェスははっと我に返った。取り引きのことを思い出させるために頭の上で鞭《むち》をふるわれた気がして、さらなる怒りに唇を噛みしめた。「あなたが私の仕事を邪魔立てするなら、この取り引きはお互いにとってうまくいかないでしょうね」彼女は張りつめた声で警告した。「そもそもあなたは、一年後には離婚したいと言ったのよ。それなのに、どうして私の仕事の足を引っ張ろうとするの?」

「夫婦となるからには、僕もたまには君に会いたいからだ。いまのままでは、夜も週末もほとんど顔を合わせられないじゃないか」

「何がいちばんの問題か教えてあげましょうか。要するにあなたは、妻という名の奴隷が欲しいだけなのよ。自分を着飾ることとあなたのことしか頭にない、あなただけの女神様が」

「それくらいならブードゥー教の女神のほうがましだ」セザリオはさもばかにしたように笑った。「君のやり方は現実味に欠けている。少なくとも、勤務時間を大幅に減らすくらいはしてほしい」

「論外だわ」

「雇われの身ならそうかもしれないが、共同経営者になれば自分の勤務時間くらい管理できるようになるだろう」

　思いがけない提案にジェスは言葉を失った。「どういうこと？」

「僕が動物病院の経営権を買おう」

「だめ……だめよ、そんなこと！」ジェスは声を震わせた。あまりの怒りに、取り返しのつかないことを口走りそうだ。「病院のことにはかまわないで。お願いだから引っかきまわさないで。ああ、なんてことかしら。とても信じられないわ。欲しいものが手に入らなければ、買ってしまえというわけ？」

「そうじゃなく、問題に直面したら、解決策を見つけだすということだよ」セザリオは冷ややかに言い返した。「そして、この件に関する君の選択肢は三つだ」

「選択肢ですって？」ジェスは怒りとともに繰り返した。

「僕に病院の経営権を購入させるか、君がパートタイムで働くことにするか、完全に辞めるか」選択肢を並べながら、セザリオは彼女の顔が凍りつくさまを見守った。「とにかく、いまのスケジュールはなんとかしてもらわなければ困る。このままでは結婚生活の時間も妊娠するための時間もまるでない」

「私はあなたとの結婚に同意しただけで、生活を丸ごと差しだすわけじゃないわ」募る不信感に、ジェスは語気を強めた。「私のことにあれこれ口出ししないで！」

「まったく……。深呼吸でもして落ち着きたまえ。そのうえで、僕の言ったことをよく考えてみるんだな」彼女の怒りの勢いに、セザリオは言葉を失った。「そうすれば君も、方法を変えざるをえないとわかるだろう」

「お断りよ。こんなばかげた話、これ以上ひと言だって聞いていられるものですか」ジェスはぴしゃりと言った。こんなに腹が立ったのは生まれて初めてだった。セザリオは明らかに、私の仕事に口出しする権利があると思っているようだ。そのことが我慢ならなかった。完全に我をなくす前にこの場を立ち去るよう命じる本能の声に押され、ジェスは勢いよくきびすを返すなり、ドアへ向かった。

「癇癪《かんしゃく》を起こして出ていくくらいなら、もう戻ってこなくていい」セザリオの冷たく尊大な声が響いた。「僕の従兄《いとこ》のステファノと夫人が、一緒に食事をするために隣の部屋で待っている」

　ジェスは凍りつき、いまにもうなろうとしている猫のように奥歯を噛みしめた。どうやら彼は、ジェスを怒らせるためのつぼを知っているらしい。純然たる怒りが全身に広がり、おさまりきれずにあふれだした。彼女は両わきでこぶしを握りしめた。ショックだった。穏やかな性格だったはずの自分が、これほどの怒りにとらわれるなんて。

「将来的に落とし穴になりかねない問題については、あらかじめ手を打っておきたいんだ」セザリオは静かに続けた。

いまも彼に背を向けたまま、ジェスはゆっくりと深呼吸をし、気持ちが落ち着くことを願った。何を失うことになるか、よく考えるのよ。すると真っ先に思い浮かんだのは、意外にも父のことではなく、今朝も想像した赤ん坊のことだった。小さな男の子。あるいは女の子。健康ならどちらでもかまわない。ジェスの呼吸はゆっくりと落ち着き始めた。

「どうやら君には思いもよらなかったようだが」

グレーの目にまだはっきりと敵意をたたえながらも、ジェスは勢いよく振り返った。

「私はひとりで暮らし、自分の好きなように生きているの。自分の行動について人にあれこれ注文をつけられることには慣れていないのよ」

緊張と欲望がわいてくるのを感じつつ、セザリオは彼女の反抗的な顔をじっと見つめた。とげのある言葉も泥だらけの格好もすさまじいが、それにしても、彼女がこれまでずっと男性を知らずにきたというのは驚きだ。彼女の気性の激しさは許容範囲を超えているが、逆に彼は欲望をたきつけられていた。自分に必要なものが、必ずしも欲しいものというわけではない。

「いずれにせよ、いま言った選択肢を検討したうえで、答えを出してくれ」セザリオはハスキーな声でささやいた。

甘い外国なまりが愛撫《あいぶ》となってジェスの体の内側を伝い、彼女の武装を解くとともに、抑えられていた性の意識を目覚めさせた。彼女は一方の足からもう一方の足へ重心を移したが、それでもまだ、胸の先端を刺激するような痛みと両脚の間に募る欲望のうずきを無視することはできなかった。こんなのはただの欲望よ。彼女は慌てて自分に言い聞かせた。はるか昔から脈々と受け継がれてきた単なる欲求。人間にとってごく当たり前の自然な反応。うろたえるようなことではないわ。彼女はそう結論づけたが、期待したような慰めは得られなかった。なぜなら、私にそのような反応をもたらすのは、この世でセザリオ・ディ・シルベストリただひとりだから。彼と出会い、ひと目見た瞬間、私は手痛いやけどを負った。それを思うといまも怒りが頭をもたげる一方で、彼のそばに寄るのが怖い。

彼に引き起こされる感覚をなんとか振り払いたくて、ジェスは必死に言葉を継いだ。

「ええ、考えてみるわ」

「そして、答えを……」

「要するに、いますぐ答えろというわけね」怒りをしずめる間もなく、ジェスは再び非難を浴びせかけた。「なんて我慢のない人なの!」

セザリオはまっすぐに彼女を見つめ返した。濃いまつげに縁どられた黒い目が、何を考えているのかはわからない。「時間はないのに、することは山ほどあるからね。君の協力は欠かせない」

ジェスはぎこちなくうなずいた。あくまでも平静を失わない彼に引き替え、怒りを制することのできない自分が歯がゆかった。

「おそらく動物たちの保護施設も、ここに移してもらうことになるだろう」

あっけにとられるジェスに、セザリオはさらにもっともな言葉をつけ加えた。

「それ以外にいい方法があると思うかい？　きっと君もそれを希望すると思って、ここの管理人にはすでに話をつけておいた」

「よくもそんなことを」

「当然だろう。十キロも離れた場所では、仕事を続けるのも大変だ。ここの敷地は君の思いどおりに使ってかまわないし、動物たちの収容施設も君の好きなように建てさせればいい。もちろん、費用は僕が負担するよ。ひとりくらいはフルタイムのスタッフも雇ったほうがいいだろうな」

あまりの信じがたさに、ジェスの喉からむせたような音がもれた。銀色の目に怒りをこめ、彼女は相手をにらみつけた。「ほかには？」

「式を挙げたら、ひと月半ほど一緒にイタリアで過ごす予定だ。その間、君の動物たちを安心して任せられるスタッフが必要になる」

ジェスは我が身を守るように胸の前で腕を組んだ。ものを投げたり、ぷいと出ていったりするよりは、このほうがましだろう。さっきは子どもっぽい癇癪を起こしたと思われたに違いない。彼は何もかも検討ずみなんだわ。ジェスは思った。私の生活のすみずみまで、彼は干渉するつもりでいる。きっと、そのことを言わんとしているのだ。主導権を握っているのは彼であって、私ではない、と。

　セザリオは彼女の張りつめた表情をうかがった。いまや空気は一触即発だ。できれば彼女の髪に指を差し入れ、力のこもった肩をほぐして、彼の期待に応《こた》えてくれれば彼女の望みに上限はないのだと教えてやりたいが、いまはやめておいたほうがよさそうだ。彼はそれらの衝動を慎重に抑えつけた。

「ステファノとアリスを紹介するよ。二人とも僕の昔からの友人だ」セザリオはそっと告げるなり、ジェスの背中に軽く手を添え、客間へいざなった。

　だがセザリオが立ち止まったので、ジェスは問うように見上げた。陰を帯びた端整な顔を目にした瞬間、突然、男性としての彼が意識され、息が止まりそうになった。高価なコロンの香りが彼女の鼻をくすぐった。ジェスはその香りが好きだった。シトラス系のその香りをほんの少しかぐだけで、彼のことが頭に思い浮かぶ。かすかにざらついた顎に目が留まり、指先がうずいた。彼に触れたい。まるで彼にスイッチを押されたかのように、体が彼を求めて騒いでいる。彼がそばに来るたびにそれらの反応は強くなり、ジェスはますます冷静でいられなくなった。彼にキスをされたい。衝動は痛いほどに高まった。

「わかっているよ、僕の小さな恋人《ピッコラ・ミア》」彼が低い声でささやいた。「だが、いまは客が待っている」

彼が本当にそう言ったのかどうか、ジェスには確信が持てなかった。もし本当なら、彼はジェスがどう感じているかを見透かしていることになる。そう考えると彼女はぞっとした。真っ赤な顔で客間に入っていくと、髪の薄くなりかけたずんぐりした男性が近づいてきた。年はおそらく三十代だろうか。生き生きとした茶色の目をしている。夫人のほうはほっそりとして背が高く、髪はブロンドで、思わず見とれてしまうほどすてきな女性だった。

「お会いできるのをとても楽しみにしていたのよ」アリス・ディ・シルベストリは親しみとぬくもりのこもった笑みを浮かべた。言葉から察するに、アメリカ人らしい。

セザリオの腕が腰にまわされるのを感じ、ジェスは身を硬くした。それからはたと、幸せいっぱいの未来の花嫁を演じるという自分の役割を思い出した。これがその最初の披露の場なんだわ。そう気づいて、彼女は笑みを返した。大丈夫、便宜結婚がなんだというの。これまでもっと大変なことだって切り抜けてきた。セザリオが何をしかけてこようと、足をすくわれたりするものですか。

5

「きれいだよ。まるで絵を見ているようだ」居間のドア口からジェスのウエディングドレス姿を眺め、ロバート・マーティンは目を潤ませた。

着慣れない華やかな服に動きを阻まれながら、ジェスはホールの鏡に映った自分の姿をちらりと見た。プロのすばらしい仕事のおかげで顔は若く初々しい印象に仕上がり、大量の巻き毛は奇跡のように柔らかな光沢を放って、素肌をさらした肩のまわりにたれている。プリンセスの髪を飾るにふさわしいダイヤモンドのティアラは、先祖伝来の品だという添え書きとともに、セザリオから送られてきたものだ。ジェスは苦笑した。私がそれを私的な贈り物と勘違いするとでも思ったのかしら。そんな幻想など抱くはずもないのに。

セザリオ・ディ・シルベストリには、この結婚に私的な要素を持ちこむつもりなどない。私の花婿は非情で、残酷なまでに自制心が強く、如才がない。彼は子どもが欲しいと言うけれど、その子に人間的なぬくもりや愛情を与えるのは、きっと私の役目になるだろう。セザリオはすべての行動を計画し、すべての困難を予測して、どう対応するのがいちばんかを判断する。支配的で注文が多く、基準も要求もきわめて高く、何事においても最高でなければ満足しない。それなのになぜ、どんな美人のお金持ちとでも結婚できるはずの彼が、ありふれた田舎の獣医を相手に選んだの？

やっぱりセックスアピールかしら。ジェスの頬は熱くなった。それとも私が前に彼を拒み、二度と誘いに応じなかったから？　でもまさか、そこまでつまらないことにこだわる男性がいるだろうか。私が魔性の女だとはとても思えないけれど、外見以外に彼が私に関心を抱く理由もわからない。そこまでして手に入れたい相手というのは、男性にとって腹立たしいものなのかしら。性的な魅力が称賛に値するとは、私にはどうも納得しがたい。その昔、男性の欲望の対象にされて危うく命を落としかけたことを思い出し、彼女は身震いした。

四歳の姪《めい》のエマと五歳の甥《おい》のハリーの愛らしい姿が、ジェスの沈んだ気分を引き立ててくれた。エマは花柄プリントのドレスに身を包み、ハリーはページボーイふうに凜々《りり》しく決めている。花嫁付添人《マトロン・オブ・オナー》は、子どもたちの母親でジェスの下の弟と結婚したレオンドラが引き受けてくれた。ジェスの独身最後の夜を祝うパーティがないことに関してレオンドラにはさんざん文句を言われたが、ジェスがすぐに独身に戻ることは、義理の妹には話していない。

「いまのおまえを彼が見たら、これまで会わなかったことを後悔するだろうな」ロバート・マーティンが静かに言った。

「それはないんじゃないかしら」十九歳のときに実の父に拒絶されたことを思い出し、ジェスは身を硬くした。あのとき彼女は学んだ。頭の中に空想の城を築いてはいけない。知らないものを追い求めるより、知っているものに囲まれているほうが幸せなのだ。おかげで私は、それまで当たり前のように感じていた育ての父の愛情と慈しみに感謝することを学んだのだから。メイクが崩れる心配さえなければ、ジェスはいまこの瞬間、ロバートを抱きしめていたところだった。けれども今日だけは完璧《かんぺき》な姿を維持したい。別に自尊心とは関係ないわ。彼女はふと思い出し、いらいらした。私はただ、せっかくのドレスを祭壇の前できれいに見せたいだけよ。セザリオではなく、私自身のために。

いずれにせよ、いつか我が子にこの日の写真を見せるときが来るだろう。ジェスは自分に言い聞かせた。とにかくそのことを信じ、子どもを産むという最終目的だけを考えるのよ。結局のところ、本当に重要なのはそれなのだから。ただし、婚礼の夜については考えないようにしなければ。愛のない男性との親密な行為については……。

セザリオが体の傷を初めて目にするときのことを想像し、ジェスの胃はひっくり返りそうになった。自分ではそこまでひどくはない気がするし、運がよければ暗くて気づかないのではないかとも思えた。でも彼は、これまで最高の美女たちを相手にしてきたのよ。そうでなくても完璧主義者の彼は、傷物になった私の体を拒絶するのではないかしら。世の中には、そういう傷を生理的に受けつけない人たちもいる。突然のように恐怖がわき起こった。迎えの車が到着し、教会へ向かう間も、ジェスは波となって押し寄せる不安を懸命に抑えつけた。始める前からあれこれ思い悩んでもしかたがない。

式場となるチャールベリー・セントヘレンズ教会は、実家から百メートルと離れていないところにある。花に囲まれた小さな教会のベンチを埋めつくす人たちを目にした瞬間、ジェスの心臓は雷鳴のようにとどろき始めた。教会は狭く、式に参列できるのは少数のゲストだ。祭壇のそばに立つセザリオの姿が目に入り、ジェスは息を奪われた。

そしてなんの前触れもなく、すさまじい後悔の念がこみあげた。これが本当の結婚式ならよかったのに。愛し合う二人が互いに未来を誓う場ならよかったのに……。けれど私とセザリオがお互いの都合のために交わした取り引きは、それとはまったく別のもの。そう考えたとたん、ジェスは信じがたいほどの孤独感に襲われた。感傷の涙がこみあげ、目の奥が刺すように痛んだ。

「実に魅力的な花嫁じゃないか」セザリオの隣で、ステファノが感心しきったように感想を口にした。

そこでセザリオも取りつくろうのをやめ、後ろを振り返って見た。ほっそりしたボディスときらめくロングスカートから成る豪華なドレスに身を包んだジェスの姿は、とても言葉で言い表せるものではなかった。輝くグレーの目といい、いつになく震えている唇といい、肩に下ろしてティアラをのせた豊かな髪といい、その美しさは息をのむばかりだ。おかげでセザリオは、彼女と腕を組んで祭壇に近づいてくる男性が、自分の屋敷に泥棒を手引きした憎むべき相手であることも忘れていた。

セザリオの輝く黒い瞳と目が合い、ジェスの下腹部は焼けるように熱くなった。落ち着かなくなり、息が苦しくなるのを感じ、彼女はセザリオから視線をそらして司祭の言葉に意識を集中させた。式は、彼女がこれまでに出席した友人たちの結婚式と内容的にもさほど変わらなかった。それでも、今日は自分が花嫁なのだという事実を、ジェスはまだ完全には受け入れられずにいた。

彼に手を握られ、手がかすかに震えた。薬指に細い金の指輪が通されるときには、息が止まった。セザリオが彼女の頬にそっとキスをしたのち、二人はともに通路を歩いた。ゲストは皆、二人が何かとてつもない偉業を達成したかのように顔を輝かせている。ジェスははたと思い出し、集まったゲストのために笑みを浮かべた。彼女がごく普通の幸せな花嫁でないことは、母を除いて誰も知らないのだ。

「そのドレス、とても似合っているよ」披露宴のためにホルストン・ホールへ戻る車の中で、セザリオが言った。

「自分で選んだのよ」ジェスはすかさず主張した。「スタイリストはもっとシンプルでフォーマルなドレスを着せたがっていたけど」

「正しい選択だ」

ジェスは心持ち体の力を抜き、ため息をついた。「これだけ大騒ぎされると、何もかも見せかけだということを忘れてしまいそうになるわ」

セザリオは顔をしかめた。「見せかけではない」

見せかけ、見せかけ、見せかけよ！　ジェスは大声でわめきたかった。だがもちろん、そんなことをしても彼をいらだたせるだけだ。

「僕たちは晴れて夫婦となり、これからは夫婦として暮らすんだ」セザリオは確信に満ちた口調で宣言した。

けれどもジェスは、かたくなに否定した。「一時かぎりの結婚を本物のように感じるなんて、ありえないわ」彼女は二週間前にサインした、法律用語のぎっしりつまった契約書のことを思い出した。

その婚前契約書は、この結婚が商取引にほかならないことをはっきりと物語っていた。所得と財産に始まり、生まれた子どもの親権および養育に至るまで、最終的な離婚条件について明確に規定されていたのだ。そんな書類にサインしたあとで、これから足を踏み入れる結婚にロマンティックな幻想など抱けるわけがない。

セザリオの顎に力が入った。「そんなふうに決めつけるのは早すぎる。僕たちの結婚がいつ終わるかはわからないのだし、現時点で考えるべきことでもない」

だからといって、ジェスは妊娠に至るプロセスについて考えたいとも思わなかった。もし妊娠しなかったら、どうなるのかしら。そんなことになったら、とんでもない悪夢だわ。彼にとっては、それが私と結婚する唯一の理由だというのに。私だって、そのためにこの契約になんとか耐えているというのに。結婚初夜のことを考えるのはよそう。彼女は自分に言い聞かせた。そんなことより、やがてこの腕に抱く赤ちゃんのことを考えるのよ。けれどもホルストン・ホールの大広間に並んで立ち、ゲストにあいさつをしながら、ジェスは悟った。主役であるセザリオの存在を抜きにして、未来の我が子のことを考えるのは不可能だと。

難儀な一日はなおも続き、社交経験など皆無に等しいジェスにとって、見知らぬ人々を相手にずっと笑みを浮かべて会話につき合うのは、神経のすりへる仕事だった。ゲストたちの多くは、ジェスにどんな特別なところがあり、セザリオと祭壇に向かうことになったのかを知りたがっていた。みんなが本当のことを知ったら……。

ようやく喧噪《けんそう》を逃れてドアのそばの静かな一角に立ち、ジェスは皮肉な気分で思った。食事とスピーチと最初のダンスが終わり、幸い人々はもうそれほど花嫁と花婿のことを気にしてはいない。アルコールでも飲めば少しはリラックスできるかと思い、ジェスはグラスのシャンパンを勢いよく飲み干した。セザリオにもすでに二回ほど、もっと気を楽にするように言われていた。彼の属する世界では、内気で遠慮がちな性格は不利と見なされるらしい。

「アリスのあの偽善ぶった態度、とても信じられないわ」ジェスの耳に、非難めいた女性の声が聞こえてきた。「セザリオがようやく結婚相手を見つけたことも、心の底では絶対に喜んでいないわよ」

「同感ね」別の誰かがあいづちを打った。「アリスは前は完全にセザリオに夢中だったし、ステファノと結婚したのは、ステファノのほうが彼女に熱を上げていただけだもの」

「でも、彼女がステファノと結婚した気持ちは理解できるわね。セザリオと二年もつき合って、結婚に至りそうな気配がまるで感じられないなんて。年だって彼女のほうが上なわけだし。ステファノと結婚して、あっという間に子どももできた」

「セザリオはそうとうショックだったらしいわよ。アリスが彼をふって、従兄《いとこ》と一緒になったとき」

もうひとりの女性が信じられないと言いたげに笑った。「セザリオが女性のことでショックを受けるですって？　そこまでアリスのことが好きだったなら、彼だって結婚していたでしょうに」

「たいていの男性にとって、アリスのような女性は忘れられないのよ」

「でもセザリオの選んだ花嫁を見るかぎり、彼はいわゆる世間一般の男性とは違うようよ」相手の女性は非難たっぷりに指摘した。「確かに美人だけれど、招待状をもらうまで誰も名前を聞いたことがなかったんだから」

「当然よ。だって、彼の馬の世話をしていたんだもの！」

二人に姿を見られる前に、ジェスは急いでドアのそばを逃れた。

彼の馬の世話をしていた……。まったくだわ。ジェスは自分でもあきれつつ、獣医になるための長い勉強と修業の日々を思い出した。いずれにせよ、たったいま偶然に耳にした話を疑う理由はない。アリスとセザリオが恋人同士だったという話は驚きだった。二年もつき合ったというからには、セザリオは本気だったに違いない。それなのに美しいアリスは彼の従兄と結婚し、なおかつ、セザリオとステファノの友情は壊れなかったというのだろうか。

「ほら、これを飲んで」シャロン・マーティンが娘の手にシャンパングラスを押しつけた。「披露宴のときも、ほとんど食べていなかったでしょう。そんなに青ざめて、まるで幽霊みたいよ」

「大丈夫よ」ジェスは上の空で答え、セザリオの姿を求めて人の群れを見まわした。

皮肉にも、彼はダンスフロアでアリスと踊っていた。ゆっくりと弧を描いてまわりながら、熱心に話しこんでいる。ステファノは上座のテーブル席に座り、眉間《みけん》にしわを寄せて妻と従弟《いとこ》をじっと見ている。

「どうしたの？」娘の緊張を見抜き、シャロン・マーティンが尋ねた。

ジェスは二人を見つめたまま、小耳に挟んだことを母に話した。

「だから言ったでしょう。物事から感情を切り離すのは難しいって」母はため息をついた。「ついさっき結婚したかと思ったら、もう嫉妬《しっと》と疑念にさいなまれているなんて」

ジェスは後ろめたさに頬を染めた。「そんなことないわ。私はただ、聞いた話が本当かどうか興味があっただけよ」

「だったら、うわさなど無視して、花婿に直接きいてごらんなさい。あなたが騒ぎ立てたりしなければ、たぶん喜んで本当のことを話してくれるわ」

それが的を射た助言だということは、ジェスにもわかった。けれども同時に、彼女にやり場のないいらだちをもたらした。そんなプライベートなことをセザリオにきけるわけがない。彼女はテーブルに戻り、アルコールがきいてくれることを願いつつ、シャンパンをなめるように飲んだ。

職場の上司のチャーリーがやってきて、ジェスのイタリア滞在中に代わりを務める獣医のことを報告した。病院の勤務に関しては、セザリオと議論を重ねた結果、経営権を手に入れていま以上の責任を背負うよりは、パートタイムに切り替えることにした。そのほうがセザリオの希望に応《こた》えるための時間もできるし、動物保護施設の認可登録に向けて準備を進めることもできるからだ。

チャーリーが離れていったのち、今度は背の高い黒い巻き毛の青年が近づいてきた。ゲストの列の中には見かけなかった人だわ。ダンスを申しこまれてジェスは驚いたが、礼儀だと思い、立ち上がった。

「お会いするのは初めてではないかしら」

「そうだね。夜のパーティに間に合うよう、友人たちと着いたばかりだから」彼は陽気に答え、くつろいだ様子で片手を差しだして、彼女の手を握った。「僕はルーク・ダン‐モンゴメリー」

つまり、かつてのホルストン・ホールの所有者の親族だ。ぽかんと口を開いて相手を見つめたのち、ジェスは慌てて目を伏せた。彼の正体に気づいたからだ。

「もちろん僕は、君の正体を知っているよ」ダンスフロアに出たところでちょうど音楽が止まり、曲と曲の短い間に二人は言葉を交わした。「君は秘密の存在なのさ。僕の父と君のお母さんの若かりしころの過ちが人に知られて、父が選挙で票を失うと困るから」

ルーク・ダン‐モンゴメリーのあからさまな言葉に、ジェスは驚いて目を上げた。「あなたの家族が私の存在を知っているとは思わなかったわ」

「十代のころに両親が君のことで言い争っているのを聞いたんだ。君の存在を知って、母はかんかんだったよ」

「でも私は、あなたのご両親が結婚するはるか前に生まれているのよ」ジェスは張りつめた声で指摘した。

「だけど、君のお母さんが君を身ごもったころには、二人はすでにつき合っていた」ルークは声を落とした。その目には苦々しげでありながらおもしろがるような光が躍っている。「君のことは絶対に口外しないよう、僕まで誓わされたよ」

「自分がそれほど重要な存在だったとは、思いもしなかったわ」人生でただ一度、実の父に会おうとしたときの冷たい仕打ちを思い出し、ジェスは若干の皮肉をこめて打ち明けた。

英国議会の著名な議員であるウィリアム・ダン‐モンゴメリーは、学生のころにつき合っていたシャロン・マーティンが産み落とした非嫡出の娘とは、いっさいかかわり合いを持とうとしなかった。それどころか彼はジェスを疫病神扱いし、自分と家族にいっさい近づかないように弁護士を通じて手紙を送りつけてきた。けれどもいまにして思えば、そもそも自分が何かを期待していたこと自体が驚きだ。相手は十代だった母に中絶のための費用を手わたし、その後娘の存在を知ったにもかかわらず、自分はすでに責任を果したと考えるような男性だったというのに。

「ずっと気になってしかたがなかったよ。なにしろ、たったひとりのきょうだいなんだから」ルークは告げた。「それにしても、髪といい、目といい、父方の親族にそっくりだ。まあ君の場合、少々背が低いようだけど」

からかわれて見上げると、確かに彼は背が高かった。ふいに緊張がほぐれ、彼女はにっこりと笑った。半分とはいえ、血をわけたきょうだいなのだ。ルークが自分の結婚式に出席してくれたことが、ジェスはうれしかった。「ゲストの中にダン - モンゴメリー家の人がいることさえ知らなかったわ」

「君の花婿がこの屋敷を買った縁でね。ビジネス界に強力なコネができて、両親は鼻高々さ。今日の欠席に関しても、父はそうとう丁重に謝ったはずだよ。セザリオの結婚相手が君だとわかったときには、父は本当にショックを受けただろうな。今後は君を避けるのもひと苦労だ」

「セザリオは私の出自のことは知らないのよ」ジェスは打ち明けた。「この先も話すつもりはないし」

「気持ちはわかるよ」

「秘密にしたままのほうがいいこともあるわ。いまさら誰かにいやな思いをさせても意味がないもの」

　彼女の意をくんで、ルークはもうその話題には触れなかった。その代わり彼はジェスを連れてダンスフロアを離れ、彼女のあらゆる質問に快く答えてくれた。彼の自信にあふれる態度を見ていると、ひとりっ子として愛情たっぷりに育てられたことがよくわかった。父親や祖父と同様、彼も法廷弁護士を目指して修業中だという。

　セザリオはアリスの肩越しに、ジェスと連れの男性を見やった。喜びに輝く花嫁の表情に気づき、彼の視線は釘《くぎ》づけになった。さらに彼女が笑うさまを目にし、彼は驚きに目を見張った。今日一日を通じて、彼女のこれほど生き生きとした姿は初めて見た。彼女が相手の男性に好意を抱いていることは明らかだ。しかも、あんなにひっきりなしにしゃべっている。僕とは一度もあんなふうにしゃべったことはないというのに。セザリオは眉間にしわを寄せ、じっと二人を観察した。あの若者はいったい何者なのだろう。見たことのない顔だ。

ルークが席を外した隙《すき》にシャロンがやってきて、声を落として娘に尋ねた。「ルーク・ダン‐モンゴメリーと何を話していたの？」

ジェスは笑った。「彼、私のことを知っていたわ。しかも、とても友好的なのよ」

「彼の家族はいやがるでしょう」母が指摘した。

「そんなの私の知ったことじゃないわ」ジェスは答え、シャンパンのお代わりに手を伸ばしながら、いつの間にか爽快《そうかい》な気分になっている自分に気づいた。

「もっと用心したほうがいいわ」母は依然として心配そうだ。「ああいう世界の人たちには、下手に近づかないほうが身のためよ」

「時代は変わったのよ、お母さん。ダン‐モンゴメリー一族はもう領主様でもなんでもないし、道で会っても頭を下げる必要はないのよ」

そのときルークが戻ってきて、ジェスに頼んでシャロンと知己を得たのち、ジェスを自分の友人たちのもとへ連れていった。シャンパンのせいで舌のほぐれたジェスは、いつになく社交的だった。ルークの友人は皆愉快で楽しく、セザリオが近づいてきたときにも、ジェスは彼らのくだらない冗談にとめどもなく笑っているところだった。セザリオは冷たい威厳を伴った声で一同にあいさつすると、有無を言わさずジェスの肘をつかみ、椅子から立ち上がらせて、その場から連れ去った。

高圧的な態度に憤然とし、ジェスは非難をこめて彼を見上げた。「これはいったいどういうこと?」

「そろそろ、いとまを告げる時間だ」

「でもイタリアへ発《た》つのは明日の朝でしょう?」ジェスが抗議しながら腕時計に目をやると、いつの間にかずいぶん時間がたっていた。その瞬間彼女は、ずっと恐れていた婚礼の夜が突然のように間近に迫りつつあることを悟った。

「もう十二時を過ぎて、ゲストも帰り始めている。君はいちゃつくのに忙しくて気づかなかったんだろうが——」

「私はシンデレラではないし、いちゃついてもいないわ!」ジェスはその場で足を止め、階段へ追い立てようとするセザリオに抵抗した。

「この一時間、君はずっとルーク・ダン‐モンゴメリーといちゃついていただろう! 君の笑い声がダンスフロアの反対側まで聞こえてきたよ」

踊り場にたどり着いたところで、ジェスは怒りをこめてセザリオを振り返った。唇が震え、もう少しで本当のことを話しそうになったが、ぐっとこらえた。ルークが私の異母弟だと、どうして話す必要があるかしら。彼が私を見つけだし、姉として接してくれたことがうれしかったのだと。セザリオに告白するいわれはないわ。いくら結婚したとはいえ、私の中のいちばん人に知られたくない秘密を知る権利は彼にはない。セザリオは私の実の父と同様、貴族という特権階級の人間だ。私がかつての地主と村娘の間に生まれた非認知の子どもだなんて、そんな前近代的で屈辱的な事実をセザリオの前で認める気にはとてもなれない。養父のせいでセザリオが大切な絵を失う羽目になったことや、借金地獄のこと、前科のある親戚《しんせき》のことなど、それでなくても充分に屈辱を噛《か》みしめているのに。

「確かにあれだけ笑わせてもらったおかげで、ずいぶんすっきりしましたけど！」ジェスは挑むように言い返すと、足にまつわりつくドレスを両手でいらいらとつまみ上げ、長い脚で階段を上がっていくセザリオに遅れまいと歩を速めた。「最近はちっとも笑える気分じゃなかったから」

「ああ、気づいていたとも！」あたりに響きわたる大声で皮肉たっぷりに答えるなり、セザリオは寝室の大きなドアを乱暴に開けた。広い部屋にはいかにもアンティークらしいオーク材の家具が並び、暖炉では炎が燃え盛り、晩春の夜の冷たい空気を追い散らしている。

ジェスはとまどい、目を見開いた。屋敷の二階に上がるのはこれが初めてだ。チューダー朝様式の壮麗な寝室は、一階の応接室の現代的な内装とは驚くほど対照的だった。

「要するに何が言いたいのかしら」

ジェスは鋭い声で追及したが、次の瞬間、めまいを感じた。片手でドアノブをつかみ、寄りかかって体を支えた。膝にまったく力が入らない。体を起こすと、鼻の下にどっと汗が噴きだした。ルークのテーブルで、勧められるままにシャンパンを飲みすぎたのだろうか。目を細めると、支柱のある巨大なベッドがまるで渦の中を漂う小船のように見える。

「要するに、僕が君のためにあらゆる手を尽くしたにもかかわらず、君がずっとふてくされた花嫁を演じていたことだ！」セザリオは非難の言葉をぶつけた。頭の中にはいまでも、あの若造のルーク・ダン‐モンゴメリーと話していた彼女のまばゆい笑顔が思い浮かぶ。

「意外だったかしら？　あいにく私はただの人間なの。何もかも完璧というわけにはいかないのよ」

ジェスは威勢よく言い返したものの、ドアのそばを離れるときに、ハイヒールを履いた足がかすかにぐらついた。しかも、ドアを強く押しすぎたために背後でばたんと大きな音がし、セザリオが顔をしかめた。

「赤の他人と結婚して一緒に暮らすというのは、それほど簡単なことではないのよ。これまで何度も一夜かぎりの関係を結んできたあなたにとっては、きっとなんでもないことなんでしょうけど！」

最後のよけいなひと言で、セザリオの全身を怒りが貫いた。僕は相手かまわずベッドをともにするような人間ではない。確かに尊大で要求が高いかもしれないが、彼女のためにこの結婚をなるべく魅力的なものにしようと懸命に努力したのだ。彼女に内緒で六匹の貧相な犬にマイクロチップを埋めこみ、ハネムーン先のイタリアへ送ったこともそうだし、もっといろいろ口を挟んで思いどおりにしたくなる衝動を必死にこらえたこともそうだ。だが、彼のそうした努力にもかかわらず、彼女がこれまでに見せた反応は、とても期待にそうどころではない。「新聞に書いてあるたわごとは真に受けないことだな。そういうことは十代のころに卒業したよ」

「アリスはどうなの？　彼女に関してはいつ卒業したの？」それはジェスにとっても思いもよらない質問だった。それらの鬱屈《うっくつ》した言葉が実際に口をついて出てくるまで、自分がそんなことを知りたがっているとも気づかなかった。

急に話題が変わり、当然ながらセザリオは驚き、黒い眉を寄せた。「なぜそんなことを？」

「ゲストが話しているのを聞いたのよ。あなたの従兄と結婚する前に、彼女はあなたとつき合っていたそうね」ひとたび口にしたが最後、ジェスはもはや、その話題を捨て置くことができなかった。どうしても答えが知りたかった。知る必要があった。

「確かにそうだが」セザリオの表情が険しくなった。セクシーな唇はきつく結ばれ、金色の輝きを帯びた黒い目は陰に覆われている。「悪意あるうわさに耳を貸すのは勧められないな。実際のところ、アリスに対する僕の態度はそうとうひどかった。それを考えれば、彼女があれだけ長く僕のもとにとどまってくれたのは驚きとしか言いようがないよ。彼女に見限られるまで、僕は自分が彼女を愛していたことにも気づかなかった。気づいたときにはすでに遅く、彼女はステファノとつき合っていた。だが、邪魔をしようとは思わなかった。二人はとてもお似合いだからね」

話を聞きながらジェスはしだいに色を失い、やがて気まずさに身を硬くした。きくべきではないことをきき、知りたくないことを知ってしまった。彼はアリスを愛していたんだわ。そしておそらく、手の届かなくなったいまも愛しているのだろう。それでもアリスとステファノのために、つつましく身を引いたのね。けれどもその事実はジェスにとってうれしいものではなく、不安をぬぐってくれるものでもなかった。

でも、なぜ不安になるの？　ジェスの頭の中で声がした。セザリオが夫ある女性を愛しているからといって、どうして気にしなければならないの？　私には関係ないことなのに。私たちの結婚、というよりプロジェクトには、感情的なきずなや期待はいっさい含まれないのだから。ジェスは苦々しく自分に言い聞かせた。セザリオの気持ちがほかの女性のもとにあるのだとしたら、それこそがまさに、彼がこの実用的な結婚を思い立った理由かもしれない。

「私は今日一日、すねていたわけではないのよ」遅ればせながら、ジェスは打ち明けた。

足元の絨毯《じゅうたん》に素足をうずめたくなり、ドレスの裾《すそ》を持ち上げ、靴を脱ぎ捨てた。少なくとも、そうしたかった。ところが二つ目の靴を脱ごうと片足立ちになったとたん、バランスを崩して大きく横に傾き、小テーブルにぶつかった。テーブルの花が花瓶ごと投げだされ、大きな音をたてて床に落ちた。

「いや、君はすねていたし、シャンパンも飲みすぎていた」セザリオはぐっと口元を引き締め、軽蔑《けいべつ》のにじんだ声で指摘した。そしてジェスのそばに近づいてくると飛び散った花の中から彼女をすくい上げ、いらだった様子で倒れたテーブルをもとに戻した。

「多少は酔っているかもしれないけれど、すねてはいないわ」ジェスはなおも言い張った。「そもそも、私は人とのおしゃべりが苦手なのよ。だから人が大勢集まる場所も好きではないし、今日は一日じゅう緊張のしどおしだった」

セザリオはさらに近づき、髪をかき上げた。黒い瞳でじっと見つめられ、ジェスの神経は末端まで張りつめた。自分でもショックなほど彼が意識されてならない。「僕はてっきり、世の中の女性はみんな結婚式が好きなのだろうと思っていたよ」

ジェスの胃はぎこちなく宙返りを打ち、胸の先がみるみるふくらんだ。顔のほてりを意識しつつ、彼女は目を見開いてセザリオを見つめた。「だけど私はあなたを愛しているわけではないし、それなのにこうして二人きりで寝室にいて、しかもあなたはこれから……」彼女ははたと口をつぐみ、不用意に口にしかけた危険な言葉をのみこんだ。「だからつまり、あなたは新婚の夫として当然のことを期待しているわけだけれど、私は今日一日ずっとそのことしか考えられなくて――」

「僕もだよ、僕の小さな恋人《ピッコラ・ミア》。おそらく理由は違うと思うけどね」セザリオはジェスの言葉を遮り、熱く飢えたまなざしで彼女をじっと見つめたまま、いまも水が滴る花瓶を拾って絨毯の上に立てた。「だが君が酔っているうえに気が進まないなら、僕もその気にはなれないな……」

ジェスは彼を見つめ返した。体が張りつめ、息ができない。欲望の熱い炎が彼女をあざ笑うかのように身をくねらせ、下半身に広がっていく。そんな状況に置かれているのに別の言い訳を利用している自分に嫌悪を覚えた。だが次の瞬間、自分でも驚いたことに背伸びをしてセザリオに寄り添い、柔らかな唇を彼の唇に押し当てていた。

たくましい男性の手が彼女のヒップを包み、勢いよく抱き寄せた。心臓が異常な速さで胸をたたいている。唇の間に彼の舌が迫り、官能の波が襲いかかった。全身が激しく騒ぎだし、彼が欲しくてたまらない。それは人生においていまだ経験したことのない、痛みにも似た熱く甘い切望だった。

「夜は今夜だけではないさ」セザリオはからかうように言って彼女から手を離し、ドアへ向かった。

目覚めた官能を無残に打ち砕かれ、ジェスは身を震わせながら、ついさっきまでセザリオのいた場所をじっと見つめた。

よりによって、なんて悲惨な始め方をしてしまったのかしら。〝君が酔っているうえに気が進まないなら、僕もその気にはなれないな……〟セザリオの言葉を思い出し、ジェスは身をすくめた。婚姻届にもサインしたというのに、私はなんて卑怯《ひきょう》なの。たとえ彼がアリスを愛しているのだとしても、関係ないでしょう? そして彼に、自分の結婚式の日にすねてほかの男性といちゃついていたと思われても。私は彼と取り引きを交わしておきながら、たったいまそれを反故《ほご》にしたのよ。

自分を責めながら、ジェスは苦労のすえにドレスを脱ぎ、華やかなメイクを洗い流した。大きなベッドにひとり横たわったのちも、彼女はずっと目を開けていた。目を閉じようとするたびに、閉じたまぶたの裏側で部屋が大きく回転し、恐ろしい吐き気がこみあげた。

6

翌日の午後、ジェスは品のいい白い麻のスカートと上着に鮮やかなターコイズブルーのジャケットを重ね、雨が降っているにもかかわらずしっかりとサングラスをかけて、セザリオの贅沢《ぜいたく》なプライベート・ジェットに乗りこんだ。セザリオは朝のうちに屋敷を発《た》ち、ロンドンで会議に出席したあとで合流することになっている。

ジェスはゆうべはほとんど一睡もできず、いまも二日酔いの名残に苦しんでいた。そして、遅々として進まない時間の中で、結局セザリオの批判が正しかったことを認めた。どんなにすてきなドレスと花婿を手に入れても、女性なら誰もが夢見る愛と永遠の幸せを私は手にすることができない。そのことを思い知り、昨日はずっと不安と幻滅にさいなまれていた。でも、私は彼と取り引きをしたんだもの。これからはきちんと約束を守ろう。そう心に決めた。

ステップをのぼってプライベート・ジェットの中に足を踏み入れたとたん、セザリオは革張りのシートに座っているジェスに目を奪われた。「ジェシカ……」

ジェスは緊張し、恐る恐る顔を上げた。ゆうべのようなことがあったあとで、彼がどんな態度をとるか不安だった。「セザリオ……」

「サングラスはいらないんじゃないのか」彼はからかうように指摘し、近くの窓を流れ落ちる雨を顎で示した。

ジェスは深呼吸をし、色のついた眼鏡を外した。ピンク色に腫《は》れた目をメイクでごまかせていないことは知っている。

「髪も下ろしてもらえないかな。僕はその髪が好きなんだ、僕の美しい恋人《ミア・ベツラ》」セザリオはいたって自然なことのようにつけ加えた。

「ひどい状態なのよ」ジェスはかすかに頬を染め、警告した。セザリオがゆうべのことにこだわっている気配はまったくない。自分も同様に寛大だと示したくて、彼女は髪に手を伸ばし、ひもを解いて巻き毛を肩に落とした。「今日はこれに煩わされたくないと思って、結い上げてきたのに」

ジェスの飾らない言葉に、セザリオはセクシーな唇の一方の端を上げて笑った。それから身をかがめ、ジェスの不安そうな顔を包む豊かな髪を、片手でそっとほぐした。「わざわざ手を加えるまでもなく、そのままで充分にすてきだよ。僕はありのままが好きだ」

けれどもジェスには、セザリオが本当の〝ありのまま〟を知っているとは思えなかった。おそらく彼は、ありのままの女性など一度も見たことがないのではないかしら。彼と一夜をともにするのに、完全にメイクをしたままベッドに入り、翌朝彼と顔を合わせる前にこっそり〝磨き〟をかけに抜けだした女性は、何人もいるはずだ。結婚式に来ていた女性客は皆きわめて洗練されていたし、その仲間入りを果たすだけでも、私にはそうとうの努力が求められるだろう。

「ゆうべのことだけれど」ジェスはおずおずと切りだした。

「気にしなくてもいいさ。今日、また一からやり直せばいい。新しい本の、新しいページから」セザリオはあっさり答えて彼女の向かいに座り、離陸に備えてシートベルトを締めた。気がつくとジェスは、流れるような彼の動作のひとつひとつに見入っていた。整った頬骨と、筋の通った鼻。それを覆うなめらかなブロンズ色の肌。非のうちどころのないセクシーな唇。フライトアテンダントに合図をするために彼が目を上げ、金色の輝きを帯びた黒い瞳があらわになるころには、ジェスはなすすべもなく、ただうっとりと彼を眺めていた。本当に、なんてすてきなのかしら。

「これから向かう先について教えてちょうだい」気分を切り替えたくて、ジェスは彼に促した。

「コリーナ・ヴェルデ。僕が母と幼少期を過ごした田舎の家だよ。〝緑の丘〟という意味だ。ピサの町を見下ろす丘の上にある、美しいところだよ」セザリオはささやくように答えた。

そういえば彼は、母親を早くに亡くしたと言っていた。ジェスは思い出し、彼の生い立ちについてもっと聞いておけばよかったと悔やんだ。結局のところ、人と人との関係は、そういうささやかな情報の上に積み上げられていくものだ。ジェスが彼に対してもっと関心を寄せるように努めれば、お互い暮らしやすくなるだろう。「お母さんはどうされたの？」

セザリオの口元がこわばり、黒い目が険しくなった。「僕が七歳のときに、大量の薬をのんで亡くなった」

率直な告白に、ジェスは息をのんだ。「なんて悲しいの。その年でそれだけのことを受け止めるのは、さぞ大変だったでしょう」

「父を責めたよ。父は浮気が絶えず、そのころにはもう両親は別居していたんだ」セザリオは言い、皮肉を帯びた口調でつけ加えた。「そのときの父親の言い訳が傑作で、そういう血筋なんだからしかたがない、おまえも同じ道を歩むだろうと言われたよ」

ジェスにはその言葉に対してコメントするだけの勇気はなかったが、逆に、口を慎むだけの分別はあった。「お父さんとの暮らしはどうだったの？」

セザリオの目が暗い金色の輝きを放ち、口元に皮肉な笑みが浮かんだ。「いやはや《ディーオ・ミーオ》。父は夫にも向いていなければ、親にも向いていなかった。束縛を嫌い、僕とことごとく張り合っていたよ。年を取って自分ももう若くないと悟ってからは、ますますひどかったな。

僕が何を成し遂げても、いっさい認めようとしなかった」

　セザリオが自分よりはるかに不幸で不安定な子ども時代を送ったと知ったことで、ジェスはいろいろと考えさせられた。早めの夕食を終えたのち、ジェット機はピサのガリレオ・ガリレイ空港に着陸した。すでに夕方に差しかかりつつあるのに、ロンドンよりずいぶん暖かい。まだ太陽が輝く中、二人は待機していたリムジンに乗り、空調のきいた快適な空気に包まれてトスカーナの風景の中を漂い始めた。

　美しいところなのだろうと予想はしていたものの、遠くの丘を埋めつくす葡萄《ぶどう》畑の濃い緑と、柔らかな銀色の雲を思わせるオリーブ畑が成す風景のすばらしさは、想像を絶するほどだった。淡いアプリコット色の石造りの建物はいにしえの時を感じさせ、丘の上に並ぶ中世の町や村は絵のように美しい。

　木立に囲まれた丘の上にたたずむコリーナ・ヴェルデは、大きさからくる圧倒感はあるものの、ジェスが思い描いていたような格式ばった建物ではなかった。それはむしろ堅牢《けんろう》な造りの農場屋敷といった感じで、ブルーと金色が溶け合った空の下に城郭ふうの屋根をのせた数個の棟が不規則に広がる姿は、これまで目にしたどんな光景よりも永遠の時を感じさせるものだった。周囲の山々と眼下の谷をうっとり眺めながら車を降りると、谷底から吹いてくる柔らかな風が額の髪をそよがせ、ほてった肌にひんやりとして心地よかった。

「とてもすてきなところね」ジェスが感想を述べた次の瞬間、聞き慣れた犬の声がいっせいに響いた。驚いて振り返ると、舗装された中庭の向こうに六匹の犬がいて、主人を出迎えて夢中でほえている。「どういうこと？　なぜあの子たちがここにいるの？」彼女はさっとセザリオを振り返った。「あなたなの？」その表情は、見るからに信じられないと言いたげだ。

「君のお母さんの協力を得てね。保護施設に置いてくるつもりなのはわかっていたし、きちんと面倒も見てもらえるんだろうが、君がどれだけ彼らをかわいがっているかは知っていたから」セザリオは歩きだした。ジェスの輝く笑みと感謝の念を目にしただけで、充分に報われた思いがした。

「びっくりしたわ……」ジェスはその場にしゃがみ、犬たちに囲まれて、濡《ぬ》れた鼻とせわしなく動く前足による騒々しいあいさつを受けた。

花嫁の白いスカートがすぐにだめになるだろうということは、セザリオもすでに予想していた。そうしてジェスが立ち上がり、まわりで飛びはねる犬たちを従えて玄関を目指すころには、案の定、スカートには犬の足跡と泥染みがくっきりと残り、上着には犬の毛がついていた。けれども彼女が彼に向けた満面の笑みは、ワードローブいっぱいの高価なデザイナーものの服にも心を動かされなかった女性から、今度こそ最大級の感謝を引きだせたことを物語っていた。

「だってあなたは、決して犬好きというわけではないのに」ジェスは息を弾ませて指摘した。「それを考えると、これがどんなに親切で思いやりに満ちた取りはからいか――」

「まさか僕にそういう面があるとは思わなかったかい？」セザリオはすかさず指摘した。

「ええ、そのとおりよ」ジェスは即座に認めた。「でも誤解だったわ」

セザリオはかすかな後ろめたさを禁じえなかった。結局のところ彼は指示をしただけで、ペット用のパスポートの申請をはじめ、面倒な手続きを実際にこなしたのは彼のスタッフだ。

「ハッグズは私の姿が見えないと、落ち着かなくて大変なの」うっとりと見上げるウルフハウンドの耳をなでながら、ジェスは説明した。「マジックはうまく意思の疎通ができないといらだつし」

セザリオは顔をしかめ、仰向けに転がって脚を突きだし、おなかをなでろと訴えているスコティッシュ・テリアをじっと見つめた。「意思の疎通というのは？」

「この子は耳が聞こえないのよ。でも、今回留守を任せてきた人は、犬のボディランゲージを全然わかっていなくて」そう言って彼女が片手で合図をすると、スコティッシュ・テリアは起きて座り、小さな黒い目でじっと彼女を見つめた。

セザリオはすっかり感心した。「僕は本当の意味でペットを飼ったことは一度もないんだ。父が動物嫌いだったものでね」彼はジェスの肘に手を添え、屋敷へ促した。「いちばん近いところで、馬を飼っていたくらいかな」

二人は長い影の中ですでに眠りに落ちているグレーハウンドをまたぎ、歩き始めた。痩《や》せたグレーの猟犬がセザリオの手に細長い顔を押しつけるさまを、ジェスは驚きとともに見守った。「驚いたわ。ウィードはあなたが気に入ったみたい。前に誰かにひどい目に遭わされて以来、自分から人に近づくことはめったにないのに」

即座に反論したくなる衝動をぐっとこらえ、セザリオは影のようにぴったりと寄り添うウィードを従えて、イタリアの我が家に入っていった。

家政婦のアゴスティーナに迎えられ、ひととおりの紹介がすんだのち、ジェスは好奇心に駆られて屋敷の中を見学した。それは趣あふれる魅力的な家で、住む人に大切にされて穏やかに年月を重ねてきたことがうかがえた。足元にはすりへって光沢を放つテラコッタのタイルが敷きつめられ、頭上に広がる木の天井は美しいアーチを描いている。広々とした部屋にはカラフルなカーテンが下がり、心地よさそうなソファとシンプルなカントリー調の家具が置かれている。部屋の奥にある縦長のドアがいっせいに開け放たれた向こうには、谷を一望できるテラスがあり、大きな栗《くり》の木陰にテーブルと椅子が置かれて、見る者をいざなっていた。

犬たちに待っているよう命じ、ジェスは二階を目指して階段をのぼった。二人の荷物は、それぞれ別の部屋に置かれていた。それが意味することを喜ぶべきなのか、悲しむべきなのか、ジェスは自分でもわからなかった。これはビジネスよ。喜びとはいっさい関係ない。

ジェスは頑として自分に言い聞かせた。

しかしそう考えたとたん、不快な気分に陥った。自分の体をビジネスの道具と見なすのは、気分のいいことではない。何か気を紛らわせるものが欲しくて、ジェスは現代ふうに改装された豪華な大理石のバスルームをのぞいた。それからジャケットを脱ぎ、鋳鉄製の手すりに囲まれたバルコニーに出て、目の前に広がる風景を楽しんだ。

「ここでは日焼けに気をつけないと」ふいにセザリオの声がした。足音にまったく気づかなかった。

ジェスは勢いよく振り返った。「とてもすてきな家ね」言葉に熱がこもる。

セザリオはけだるそうに笑みを浮かべた。「意見が一致してうれしいよ。去年改装したばかりだから、ハネムーンにはうってつけだろうと思って」

彼女の頬に色が差すのを目にし、セザリオは彼女の手を取って引き寄せた。

「ハネムーン、ハネムーン、ハネムーン……」彼はからかって繰り返した。「君は本当にすぐに赤くなるんだな、僕の奥さん《モーリエ・ミア》」

沈みゆく太陽がいまも熱い日差しを肌に注ぐ中で、ジェスの唇を覆ったセザリオの情熱的なキスは、それよりさらに熱かった。世界が渦を描いて降下し始めるとともに、欲望がゆっくりと脈打ちながら体の隅々に広がっていく。神経が張りつめ、肌が心地よく敏感になり、ヒップのふくらみをなぞる彼の片手が喜びとなって膝の震えを誘う。

セザリオが唇を離し、広い胸板を大きく上下させてあえぎながら、彼女の恍惚《こうこつ》とした表情をじっと見下ろした。黒い目に熱い金色の炎がともり、くすぶるように燃えている。

「無理強いはしないよ。イエスかい？　それともノー？」

彼がそんなふうにきいてくれることが、ジェスはうれしかった。彼にいざなわれ、二人は光の消えゆく屋外から家の中へ戻った。そうしてジェスが長いまつげをゆっくり上げたとき、明るいグレーの目には一点の迷いも映っていなかった。

「イエスよ」彼女は震える声で答えた。

「それでは〝シ〟と、モーリエ・ミア。君が初めて口にするイタリア語だ」

「シ……。でも、その次は？　私のことをなんと呼んだの？」セザリオに導かれてベッドへ向かいながら、ジェスは尋ねた。

「僕の奥さん、さ」セザリオの声は自信に満ちていた。「君は僕の妻だ」

どういうわけか、ジェスはそのとき初めて、自分が本当に結婚したのだと実感した。その言葉は、華やかな式や浮かれ騒ぎでは得られなかった効果をもたらした。彼女は笑みを浮かべ、下腹部に広がるぬくもりとざわめきを味わった。傷跡のことを考えるのはよそう。人は誰でも自分の体に気に入らない部分があるものだわ。私の傷もそれと同じ。セザリオが麻の上着を脱がせる間、彼女はじっとその場に立っていた。そして白とブルーの可憐《かれん》な下着があらわになると、前に踏みだし、ためらうことなく彼のシャツのボタンを外し始めた。けれどもシャツの胸元が開いてブロンズ色の肌があらわになるにつれ、彼女の手つきは鈍くなった。

恥じらいを察したセザリオは、彼女の顎を上に向け、ラズベリー色に染まった唇を再び激しく奪った。彼女の唇の甘く確かな反応と、たくましい肩に食いこむ指の感触を、彼はうっとりと味わった。そうして彼は何度もキスを繰り返し、セクシーな唇のカーブと甘い香りのする柔らかな口の中を隅々まで巧みに味わった。それでも彼には足りなかった。彼女のすべてが欲しくてたまらず、いまだ経験したことのない激しい飢えに自分でも驚いた。彼
腰に当てられたセザリオの手に強く抱き寄せられたとき、ジェスは彼の高まりに気がついた。口の中をさまよう舌が紡ぎだす官能とあいまって、その発見は彼女に震えをもたらした。自分がセザリオをそのような高みへ導いたのだと思うと、全身が喜びに歌いだした。

ファスナーを下ろしてスカートを床に落とし、セザリオは彼女を抱き上げて大きなベッドへ運んだ。そうして糊《のり》のきいたリネンの上に彼女を横たえ、背中から手を離しかけたそのとき、何かざらついたものが指に触れた。驚いて視線をやると、そこにはうっすらと長い傷跡が刻まれていた。

「手術の跡かい？」彼は尋ねた。

ジェスは凍りつき、彼に背を向けて体を離した。セザリオは皮膚が引きつれてしわになった部分をじっと見つめ、指でそっと触れた。

「なんという……」彼は驚きを隠せなかった。「いったい何があったんだ?」

ジェスははじかれたように彼に向き直り、二本の指で腹部の傷を指し示した。「ほら、ここにもあるのよ」

セザリオは、彼女のクリーム色の肌を残酷に二分する薄い線に注目した。「命にかかわるけがだったんじゃないのか?」彼は鋭く息を吸い、黒い眉を寄せて彼女の顔をじっと見つめた。問うような黒い目に、いつもの皮肉を帯びた輝きは見当たらない。

「ナイフで切りつけられたの。大学に通っていたころに」ジェスはぎこちなく答え、唇を引き結んだ。セザリオを見つめる瞳の奥には、さらなる質問に対する恐怖が宿っている。

セザリオは肩をすくめ、ナイフの傷など珍しくもなんともないと言わんばかりに、なかば後ろを向いて服と靴を脱ぎ捨てた。ジェスがナイフで切りつけられ、なすすべを失うさまを想像しただけで、彼は激しい怒りにとらわれていたが、そんな気持ちを彼女に見せるわけにはいかなかった。

「悪いけれど、それについては話したくないの」ジェスはぎこちなく告げ、こぶしを握った。「先に忠告しておけばよかったわね。傷が醜いことはわかっていたのに」

ズボンを脱ぎ終えたセザリオが、おなかの傷に顔を近づけた。緊張のあまり、ジェスの心臓が激しくとどろきだした。かすかに引きつった皮膚に彼がそっと唇を押し当てる間、彼女の胃はずっとざわついていた。「別に醜くなんかない。単に君の一部だよ。忠告する必要もない。こんな目に遭って大変だっただろう、僕の小さな恋人《ピッコラ・ミア》」

彼が迷いなく的確な言葉を口にできることを、ジェスはむしろうらやましく思った。傷など気にしないという彼の言葉は半分ほどしか信じられなかったが、緊張はずいぶん和らいだ。硬く張りつめた体から力が抜けるのを感じ、彼女は頭を枕《まくら》に戻して、再び息をし始めた。「わかったでしょう？　私は完璧《かんぺき》なお人形ではないのよ」

「僕は君が汚れた防水ジャケットを着て、泥だらけの長靴を履き、世間から見捨てられた犬を引き連れて歩いていたときから、ずっと求めていたんだよ」セザリオは物憂い口調で指摘した。

「あなたがあの子たちをペット用美容院に送りこんでグルーミングさせなかったことが驚きだわ」ジェスはからかい、肘をついて体を起こした。そして、顔を上げ、唇を開いて彼を誘った。あの温かくセクシーな唇をもう一度味わいたくて、体が勝手に引き寄せられる気がした。

続くキスはまたたく間に彼女を恍惚とさせ、めまいを誘い、息を奪った。これまでどんな男性も、私をこんな気分に陥れたことはない。セザリオが当初思いこんでいたような男性でないことは、だんだんわかってきた。彼はもっとはるかに深みのある人間だ。華やかな成功と洗練された態度の向こう側にあるものを、私はずっと見落としてきたようだ。

キスの間にブラジャーはどこかへ姿を消し、セザリオの両手が二つの胸を包みこんだ。

彼の指が先端をそっとなで、唇でくわえて刺激する。ジェスのその部分はうずきだし、みるみるふくらんで硬くなった。いまこの瞬間に至るまで、自分の胸がこれほど感じやすいとは知らなかった。なおも続く愛撫《あいぶ》に、彼女はあえぎながら息を継ぎ、下腹部に温かな液体があふれるのを感じた。

「今日のこれを、君にとって特別なものにしたい」セザリオがかすれた声で告げた。

「少々痛むかもしれないが」

「それじゃあ早めにお願い」ジェスは不安に駆られた。

セザリオが浮かべたいたずらっぽい笑みに、彼女は心臓を引き絞られる思いがした。

「なんと節操のない。きちんとした愛人は、決して男性を急《せ》かしたりしないものだよ」

セザリオは彼女の脚をたぐり寄せ、残る下着を脱がせると、ほっそりした腿の間に片手を滑らせて熱く熟れた部分に触れた。甘美な官能の波が押し寄せ、ジェスはショックに腰を浮かせた。とても耐えられそうにない。その部分にこみあげるものが意識されてならない。

セザリオが体を離したので、ジェスは目を伏せたまま、彼の引き締まった広い胸板と平らな腹部にじっと見入った。彼が下着を脱ぎ、最後の部分があらわになった。その堂々たる姿に、ジェスは少なからず怖《お》じ気《け》づいた。セザリオは再び彼女を引き寄せ、どことなくおもしろがるように彼女の様子を観察している。

「大丈夫、そっとするよ」抑揚たっぷりの声で請け合うと、セザリオはジェスの手を取り、自身の体へといざなった。

欲望と好奇心に駆られてセザリオの体を探るにつれ、彼女の脚の間はさらに熱を帯び、彼の唇が飢えた勢いで再び重なるや、彼女の内側にはそれをもしのぐ激しい欲求がわき起こった。セザリオは彼女の最も秘めやかな部分を探り始めた。ほどなく彼女の喉から子犬が鳴くような声がもれ、脚が小刻みに震えだした。耐えがたいほどの切望と体の奥の痛みが、刻一刻と増していく。

セザリオと出会い、ジェスは求めることを学んだ。これまで思いを馳《は》せることはあっても、決して求めたことのないもの。一生知らずに終わるのだろうと思っていたし、正直言って、それでもかまわないと思っていた。どうせ大したことではないだろう、と。けれどもそうではないことを、彼は教えてくれた。巧みな手つきでジェスを愛撫し、かくも感じやすい胸の頂を舌で刺激し、優しく、着実に、彼女を究極の喜びへと導いていく。耐えがたいほどにふくれ上がった切望の思いにつき動かされ、ジェスはセザリオの下唇を噛《か》み、震える指で彼の髪を握りしめた。

セザリオはすみやかに体を重ね、腿の間に身を滑らせた。穏やかに訪れる彼を、彼女は嬉々《きき》として迎え入れた。けれども彼がさらに深く身をうずめると、ジェスは予想以上の痛みに思わず声をもらした。彼がただちに動きを止め、彼女を見下ろした。その黒い色の目のあまりの美しさに、ジェスの胸は痛んだ。

「すまない、モーリエ・ミア」セザリオがささやき、彼女の額の髪を払って、そこに祝福するかのようなキスをした。「痛みはそのうちなくなるはずだ。たぶん……」

ジェスの体の内側に力がこもり、それに応《こた》えて、セザリオの喉から大胆な喜びの声がもれる。彼はごくそっと、少しずつ、エロティックに、再び奥へと進み始めた。どこまでが自分でどこからが彼か、ジェスにはもはやわからなかった。けれどもその感覚は夢のようにすばらしく、彼女はセザリオの下で身をくねらせ、腰を浮かせて彼をさらに促した。セザリオの体がいったん離れ、再び舞い戻ってくると、ジェスの喜びはさらに募った。そうしてどこへ向かうともわからないまま、ひたすら本能に身を任せるうちに、ついに彼女はのぼりつめ、想像を絶する喜びの波に乗って彼岸へと渡った。そして、めくるめく世界を漂いながら、ゆっくりと地上に戻った。

彼女が再び我に返ったとき、セザリオは彼女の片手を握り、黒い目でじっと見つめていた。グレーの目に驚きの名残を映したまま、ジェスも彼を見つめた。彼のたくましい顎に力がこもった。

「そんな目で見ないでくれ。これは取り引きだ」セザリオはふいに息を吸い、彼女のほてった顔に鋭いまなざしを向けた。「僕は君に愛を求めたわけではないし、愛が欲しいわけでもない。僕たちは子どもができるまでベッドをともにする。それだけだよ、ピッコラ・

ミア」

ジェスはいきなり平手打ちをくらったようなショックに見舞われた。女性が少しでも情を動かされ、真剣になる気配を見せれば、彼にはすぐにわかるのだ。胸の内側で怒りと痛みが波となって砕けるのを感じながら、彼女は自分の顔から用心深く表情を消した。残忍な警告が図星だったことを彼に悟られ、得意がらせるわけにはいかない。怒りを見せて、彼の言葉に傷ついたことを悟られるわけにはいかない。

「あなたに差しだす愛情なんて持ち合わせていないわ」ジェスはぞんざいに返し、体を離した。親密なふりをしながら、こんなまやかしを続けるのはお断りだ。「私は家族を愛しているし、ペットのことも愛している。いずれ生まれてくる子どものことも愛すると思うわ。でもあいにく、そこまでよ。私の感情はかなり合理的なの」

セザリオの頬にうっすらと影が差した。おそらくいまの言葉は、彼の中に怒りに呼び覚ましたのだろう。彼は目を伏せ、不機嫌につぶやいた。「僕はただ、君を傷つけまいとしただけだ」

「私はあなたが思っているよりはるかに強いのよ」ジェスは挑むように宣言し、それを証明するべく慇懃《いんぎん》に尋ねた。「あなたはこのままここで眠るのかしら。それともそれぞれの寝室で？」

セザリオは肘で胸を突かれたように、起きて座った。「僕は隣の部屋で寝る」

「おやすみなさい」ジェスはわざと甘い声を出した。

「君もぐっすりおやすみ……」そうささやくなり、彼は勢いよくベッドを下り、服を拾ってドアの向こうへ姿を消した。

〝ぐっすりおやすみ〟ですって？　ジェスは笑いだしそうになり、続いて泣きそうになった。だが気持ちを切り替えようと、豪華なバスルームでシャワーを浴びた。それから階下へ下りて犬たちの世話をしたのち、ようやくベッドに戻った。体の芯《しん》に残るかすかな痛みが、隣の枕に残るセザリオのコロンと彼自身の香りとあいまって、彼女の人生を変えた先ほどの出来事を思い出させた。ジェスはそれらの香りを大きく吸いこみ、うなり声とともに頭の中から締めだした。

感情を否定しているせいで、思考がひどくぼんやりしていた。夫は私に性の営みを教えてくれた。彼はセックスがとても上手。その点、私はラッキーだったのよ。彼女は頑として自分に言い聞かせた。彼はこれを普通の結婚のように見せようとしているけど、それは嘘《うそ》。彼は私に愛情をかけてほしいわけではない。私も理性と意地にかけて、彼の警告に従おう。彼を愛してしまうような愚かな過ちは犯すまい。その愛が報われることはないと、彼ははっきり宣言したのだから……。

彼がいまもアリスを愛しているというのは本当かしら。ジェスはぼんやりと考えた。そうだとすれば、この家の相続に必要な跡継ぎをもうけるために、便宜結婚という手段を選んだことも充分に納得できる。すでに愛している女性がいるなら、子どもを得るにはそれしか方法はなかったのだろう。

セザリオがほかの女性を愛していようがどうしようが、私には関係ないでしょう？　ジェスは自分に言い聞かせた。そういうデリケートな心の秘密は私が立ち入るべき領域ではないし、実用目的の結婚には重要なことでもなんでもない。彼が心の中でほかの女性を思っているからといって、騒ぐ必要がどこにあるの？　難しい問いが頭に浮かんだところで、身も心もくたくたに疲れきっていた彼女は、夢も見ないような深い眠りへと落ちていった。

7

セザリオは恐ろしいほどの頭痛に苦しんでいた。薬ものんだが、まだきかない。本当は酒を飲みたいところだが、強い鎮痛剤とアルコールの組み合わせがよくないことは知っている。額をもみ、首の筋肉をほぐしながら、彼は懸命に悲観的な考えを抑えつけ、心の平静を保とうと努力した。頭痛についてはすでに警告を受けている。これくらいは想定内だ。なんでもない。

花嫁に冷たく無神経な人間だと思われたことは知っていた。だが僕は言うべきことを言い、必要な一線を引いたにすぎない。後ろめたい思いはしたくはないし、彼女を傷つけたくもない。どうして結婚する前に気づかなかったのか、自分でも不思議だった。僕はそこまで自分本位で、この結婚が彼女にもたらすダメージについて何も考えていない男なのだろうか。明らかにそうらしい。

彼は気持ちを落ち着かせようと、自分に言い聞かせた。だが、この結婚はもともとプロジェクトだ。単なるビジネス上の取り引きであって、それ以上のものではない。僕の花嫁は世間知らずで傷つきやすいようだが、僕もそれなりの代償は支払っている。あの絵をあきらめ、彼女の父親を警察に突きだすことをあきらめたのだから。それに、どうせ実際に妊娠するまでには時間もかかる。それを思えば、やはり彼女にもベッドでの喜びを知っておいてもらったほうがいい。そうとも、だからこそ僕は、無意識のうちにああいう派手な誘惑シーンを演出したんだ。セザリオはむっつりと結論づけて、飲むべきではないとわかっている酒を飲み、夜が明けて空が白むまで眠れぬまま横になっていた。

翌朝、ジェスは陶器がかたかたと鳴る音で目を覚ました。起きてベッドの上に座ると、食事をのせたトレイが運ばれてきた。リネンのナプキンと、一輪挿しに生けられた可憐《かれん》な花までついている。なるほど、甘やかされるとは、こういうことを言うのね。やれやれと思いつつ、彼女は派手に乱れて目の上に覆いかぶさっていた巻き毛を払いのけた。

メイドが笑いながらたどたどしい英語で話しかけ、カーテンとバルコニーのドアを大きく開けて、さわやかな空気と日差しを入れた。気がつくと、ひどくおなかがすいていた。ジェスはパンケーキとフルーツをむさぼるように食べ、ジュースとカプチーノで流しこんだ。

花柄のショートパンツの上にエメラルドグリーンのTシャツを重ね、黒い巻き毛を肩で弾ませて、ジェスは階下へ下りた。奥の中庭に向かってドアが大きく開いている。興奮した犬のほえ声ときゃんきゃん鳴く声がして、犬の群れが駆けてきた。すべて彼女の犬たちだが、ウィードの顔が見当たらない。ひととおりのあいさつをすませてジェスが立ち上がると、ドア口にセザリオが現れた。その傍らに、ウィードがはにかむように伏せている。

ジェスはそっちを見すぎないよう努力したが、難しかった。セザリオはいつになくくつろいだ雰囲気で、カジュアルなシャツが広い肩と胸を覆い、麻のズボンが長い脚と引き締まったヒップを強調している。イタリア人デザイナーのものらしくカジュアルながらも洗練され、乱れた髪と顎に差した影のせいで、ますます男性らしくセクシーに見える。

ジェスは口の中が乾いていくのを感じた。前夜の強烈な喜びがよみがえり、頬に赤みが差すとともに、胃がひっくり返り、脚が震えだした。

「どこへ行っていたの、ウィード？」彼女は迷子になっていた犬に意識を集中させた。そのほうが、しなやかな捕食動物さながらに隣に立つ男性に注目するより無難だ。

「僕の机の下に迷いこんで、そのまま眠りこんでいたんだよ」セザリオは肩をすくめて釈明した。

「こんなに早い時間から仕事をしていたの？　私も早くこの子たちに食事をやらなくちゃ――」

「もうすんだよ。セキュリティチームの中に犬の訓練士がいるから、そういう細かいことは彼がやってくれる」

完全に出し抜かれ、ジェスは思わずにっこりとした。「どうも慣れないわ。つまり、まわりの人がなんでもやってくれるこの環境に。朝食をベッドで食べるなんて、本当に贅沢《ぜいたく》だわ」

「これからは毎日贅沢が味わえるさ」セザリオはささやき、彼女が浮かべた輝く笑みに、不本意ながら心を奪われた。

「いいえ、甘やかされるのは好きじゃないの。自分でできないことではないし、自分でするほうが慣れているもの」口に出して言ったとたん、急にいつものやり方が恋しくなった。このままでは生活全体がセザリオの流儀にのみこまれてしまいそうだ。

「だがハネムーンだ」

ジェスは小ばかにして鼻にしわを寄せた。「ハネムーンではなく、単なる休暇よ。どんなに想像力をたくましくしても、私たちはハネムーンに来た夫婦には見えないわ」彼女は冷ややかに指摘した。

「ゆうべのことは、悪気があって言ったわけじゃない。僕はただ――」

「恋煩いの花嫁があなたにまとわりつくのを避けたかったんでしょう?」ジェスは甲高い声で皮肉たっぷりに指摘した。「大丈夫よ、そういうことにはならないから。私だって一刻も早く自由と自分の生活を取り戻したいわ」

一瞬、セザリオは彼女の解釈に異を唱えかけたように見えたが、結局何も言わずにジェスを見つめた。何を考えているのか、感情を覆い隠した暗い目からは見当もつかない。けれどもジェスは、ゆうべの警告に関して幻想は抱いていなかった。おそらく彼は、ジェスがバージンだったので、責任を感じて及び腰になってしまったのだろう。そうでなくても彼が普段慣れ親しんでいる女性たちは、彼と、その贅沢なライフスタイルを潔く手放したりはしないはずだから。でも私は違う。ジェスは頑として自分に言い聞かせた。子どもができてセザリオのもとを去るときにも、彼だけではなく自らの意思でそうするのよ。

「それで、休暇の初日は何をして過ごすの？」ジェスは明るく尋ねた。

セザリオの口元に誘惑に満ちたセクシーな笑みが浮かび、金色の輝きを帯びた黒い目がおもしろがるように躍った。ジェスの頬はたちまちピンク色に染まった。

「わかったわ……」ジェスは奥歯を噛《か》みしめ、彼の言わんとするところを受け入れた。

「でも、その合間《デリツィア・ミア》に、トスカーナ観光もしたいわ」

「なんなりと」

「もう一回？」ほっそりした手が腿を探るのを感じ、セザリオはかすれた声で尋ねた。けれどもふと気づくと、彼自身も次なる愛の行為に向けてすっかり準備ができていた。自分が求めるのと同じくらい相手にも求められることがいかに張り合いのあることか、彼は日を重ねるごとに学びつつあった。

今日は中世の塔がいくつもそびえる美しい丘の町、サンジミニャーノを訪れた。淡いブルーのスカートと白いレースのトップを着たジェスは春の花のようにうるわしく、サンタフィーナ教会のフレスコ画に感心しきって見入る横顔は、壁画の中の人物に似ていた。セザリオがその事実を指摘すると、彼女はくすくす笑いだし、彼もつられて笑った。十三世紀に建てられたタウンハウスでのんびりランチを食べたあとは、町の広場でヴィンテージのワインを飲んだ。やがて二人の視線が合い、それまでの知的な会話がとつとつとしたものになり、その場を支配していた空気が別の何かに変わった。

驚いたことに、テーブルに身を乗りだして熱っぽくささやいたのは、ジェスのほうだった。〝部屋を取って……〟

近くのホテルに部屋を借り、広々とした塔の部屋のドアを抜けて中へ入るなり、二人はこみあげる情熱に身を任せ、服を着たまま壁にもたれて互いをむさぼり合った。性の情熱をこれほど大胆に女性にぶつけたのは、セザリオにとっても初めてだった。ワインを飲みながら広場で交わした視線は、かつて経験したことがないほどエロティックかつ強力に、彼を愛の行為へと駆り立てた。乱れたシーツにからまって裸で横たわるいまでさえ、彼をぴったりと包みこむ彼女の熱い感触が生々しく体に残り、あからさまな喜びの声が耳の中で響いている。二人はすでに三度も愛を交わしたが、決してそれで終わりではないことを彼は知っていた。なぜならいま、彼女は細い指で彼の高揚のあかしを包み、甘美な唇を近づけつつあるからだ。セザリオは横になったまま目をつぶり、心から喜びに酔いしれた。

結婚とは、思い描いていたよりもはるかに魅惑的なもののようだ。

ジェスは自分が主導権を握り、セザリオを濃厚な官能の泉に引きずりこむ感覚が好きだった。ほんのひと月半前までバージンで、ベッドで対等に渡り合うことなど思いもよらなかった女性にとって、それは一種の権力闘争であり、圧倒的勝利にほかならない。とはいえ、ただ単にセザリオに触れて愛を交わし、一緒にいるだけでも、ジェスにとってはかつて味わったことのない喜びだった。そんなふうに感じてはいけないと自分に言い聞かせても無駄だった。性の領域において体で表現するときだけ、彼女は自己防衛の壁を取り除くことができた。セザリオによってたきつけられた欲望を心ゆくまで彼に注ぐことによってのみ、それに伴うあらゆる思いと感情を封じこめることができた。

男性と暮らしながら感情的に巻きこまれずにいるのは難しいと言った母の言葉は、正しかった。でも私が悪いわけじゃないわ。ジェスは思った。悪いのは、非の打ちどころのない夫に変貌《へんぼう》したセザリオだ。彼はすばらしい恋人。いつどんなときも、一緒にいて最高の相手。これではどんな女性も抵抗できるはずがない。

熱い性の営みを心ゆくまで味わったのち、ジェスはセザリオの腕に抱かれて横たわり、激しく胸をたたく心臓のリズムと体の痛みを感じていた。彼はいまも彼女の背中をなで、昼でそっとこめかみに触れている。またしても偽りの優しさを見せるなんて……。そう思うと、ジェスは彼の頬を張りたくなった。いくらまっさかさまに恋に落ちてしまったとはいえ、考える力は残っている。偽りの優しさなどいらない。そんなものは欲しくない。私たちがわかち合っているものは単なるセックス。それくらいの現実は受け止められる。

「君とセックスをするたびに、体が焦げそうになるよ」セザリオが感心しきった口調で言った。「相手が君なら、ほかには誰もいらないな」

ジェスのグレーの目が銀色に光った。気持ちが高ぶり、声が震えた。「私と暮らしている間にほかの女性に手を出したら、たぶんあなたを殺すわよ」

セザリオは猫科の捕食動物さながらに優雅に伸びをし、枕《まくら》にもたれた。ジェスの言葉をお世辞と受け止め、悦に入っているようだ。「君なら本当にそうするだろうな、僕の奥《モーリエ》さん《ミア》。君を軽く扱う男性はいないよ」

「私は本当の意味であなたの妻というわけではないわ。そういう呼び方はやめて」ジェスは命令口調で告げた。「普通の妻なら、夫を昼間からベッドに連れこんで、息絶え絶えになるまでむさぼったりしないわ」

セザリオはミルクにあずかった猫のようににやりと笑い、力強い腕で再び彼女を抱き寄せた。「だが僕の理想の妻なら、そういうこともありえるさ」

「私はあなたの理想の妻じゃないわ」ジェスは身を守るように、指を開いて彼の胸を押しやった。冷淡な口調が自分でも意識された。彼が気づかなければいいのだけれど。

セザリオにとって、本当の理想の妻はアリス。ステファノと結婚した美しいアメリカ人の元モデルだ。ジェスはそう確信していた。アリスとステファノは二人の息子とともにコリーナ・ヴェルデから数マイルほど離れたところに暮らし、たびたび屋敷を訪ねてくる。男性たちが政治やビジネス、あるいは賞を授かった極上のワインができるまでの複雑なプロセスについて熱心に話しこむ間に、ジェスとアリスも互いを知り合うようになった。ジェスはアリスのことが心から好きだし、アマチュア画家としての才能もすばらしいと思っている。けれども同時に、彼女はいつどんなときも、アリスの数々の魅力が痛いほどに意識されてならなかった。アリスは優しく親切で、内面も外面もすばらしく、女性の鑑《かがみ》のような人物だ。アリスのような女性を失えば、その男性が過去を乗り越えて先へ進むのは並大抵のことではないに違いない。セザリオがかつてアリスを愛したことも、二人がいまも親しい間柄にあることも、ジェスにはごく当然のように感じられた。

これまでのところ不審な点はまったく見受けられないが、二人と一緒にいると、彼らがいかにお互いをよく知っているか、それに引き替え自分とセザリオの関係がいかに浅いかが意識されてならなかった。彼とアリスのきずなに嫉妬《しっと》せずにいるのは、ひと苦労だった。

ジェスがセザリオの平らなおなかに手を置くと、セザリオはその上に自分の手を重ね、親指で優しくなでた。彼の指が傷跡に触れ、たくましい体に反射的に力がこもった。「誰がこんなことを?」彼は張りつめた声で尋ねた。「君に何があったのか、どうしても知っておきたい」

しばしの沈黙ののち、ジェスは苦々しげにゆっくりと息を吐き出した。「大学一年生のとき、ストーカーの被害に遭ったのよ。相手は孤独な失業者で、私は一度も会った覚えはないし、話したこともなかった。事件後に警察で写真を見せられたときも、ほとんど見覚えがなくて――」

「ストーカーか?」セザリオは顔をしかめた。「僕はてっきり、無差別強盗にでも遭ったのだろうと思っていた」

「無差別でもなければ、強盗でもないわ。最初は郵便受けにカードやちょっとした贈り物が届くだけだったの。相手が誰なのかさっぱり見当がつかなかったけど、なんてロマンティックなのかしら、なんて思っていた。誰かが私に恋をして、遠くから見つめているんだわ……なんて」

彼女の手を握るセザリオの手に力がこもる。「異常な関心を寄せられているとは気づかなかったんだね」

「でも、ほどなく気づいたわ。私が男友だちといるところを見て、そのストーカーは彼のことを私のボーイフレンドだと勘違いしたらしいの。そのころから手口がだんだん病的になり、カードの内容が中傷じみてきて、私のことを売春婦だの、ふしだらだの、そのほかにも汚い言葉をいろいろと……」ジェスの体と声が震えだした。

「怖かっただろう」セザリオは彼女の華奢《きやしや》な体を両手でしっかりと抱き寄せた。「その男は明らかに病気だったんだ。警察には届けたのかい？」

「カードには暴力で脅すようなことは書かれていなかったから、犯罪にはならなかったのよ。その当時はまだ、法律が整っていなくて」ジェスは重い口調で打ち明けた。「監視されているのは明らかだったから、とても怖かったわ。でも誰も深刻な問題だとはとらえていなかったの。それどころか、友だちはジョークの種にする始末だったし。そしてある晩、授業を終えて友だちとシェアしていたフラットに帰ったら……」

「そいつが待ち伏せしていたんだね」セザリオは暗い声で促した。

「階段をのぼっていったら、踊り場の角からいきなり現れたのよ。目つきが変で、すぐに彼だと直感したわ。荷物を投げだして急いで階段へ戻りかけたけど、間に合わなかった。ナイフが見えて、両手で顔を覆って叫んだことしか覚えていない。隣の住人が出てきたので、私を襲った男は逃げて道路に飛びだし、車にひかれて……。同情なんかできなかった。もし彼が死ななかったら、おびえて生きていくことになっていただろうと思うと」

ジェスの震えがおさまり、呼吸が平常に戻るまで、セザリオはずっと彼女を抱いていた。

「君がそんな恐ろしい目に遭ったとは。だが話を聞いてわかったよ。君がいつも目立たない服装をしていたのは、そういうことがあったせいなんだな」

「事件以来、男性の目を引くような服装をするとどうしても不安がぬぐえなくて。それまでは私だって、ミニスカートでもなんでもはく普通の女の子だったのよ」ジェスは苦々しく認めた。「すべての男性に暴力的な要素が備わっているとは思わないけど、外見を飾ることで、男性が女性をものとしてとらえる傾向を助長してしまいそうな気がして」

「そんなふうに言われると、僕も有罪だな」セザリオはむっつりと認めた。

「ええ、そう思うわ。あなたの評判から判断すれば」彼を見上げるジェスのまなざしに、セザリオは顔をしかめた。

「新聞や雑誌に書いてあることをもとに判断しているなら、言っておくが、イギリスのマスコミが僕のことを無節操なプレイボーイとして書き立てるようになったのは、僕が連中のお気に入りのジリー・カールトンを袖《そで》にしたからだ」

彼が口にした人気スターの名に、ジェスは眉を上げた。「あなたが彼女とつき合っていたとは――」

「つき合っていたわけじゃない。彼女はいつも酒を飲んで酔っていた。二度ほどデートしたことはあるが、椅子からも車からも転げ落ちて、うんざりだったよ」

「だけどあいにく私のあなたに関する評価は、新聞の記事がもとになっているわけではないの」ジェスは打ち明け、思わせぶりな視線を向けた。「実を言うと、もっとはるかにあなたに近い情報源があるのよ」

「誰だい？」

「教えないわ」ジェスはシーツを投げつけ、いたずらっぽく彼の手を逃れてベッドを下りた。「今度こそ私のほうが先にシャワーを浴びるんだから」

「今日はのんびりしたい気分だな。今夜はこのままここに泊まって、外で食事をして、家には明日帰るとしようか。イタリア滞在も今週で最後だ」

「それはすてき」こぢんまりしたバスルームに足を踏み入れながら、ジェスは無性にうれしかった。二人のハネムーンが終わりに近づきつつあることを、彼はちゃんと知っていたのだ。残された時間をできるかぎり有効に使おうとする心遣いが胸に響いた。

これが単に子どもを産むための結婚でなければ、セザリオと過ごしたひと月半を、ジェスは喜びと発見に満ちた魔法のような時間と表現しただろう。でも、現実はそうではない。だから足をしっかり地に着けて、冷たいシャワーでも浴びて、浮かれた気分を引き締めるのよ。彼女は自らを戒めた。なぜなら、あと数日もすれば私はイギリスへ戻り、仕事と日常に戻らなければならないのだから。しかも、もしかするとすでに妊娠したかもしれないことを考えると、はたしてこの先どれだけセザリオと一緒にいられるかわからない。

彼も私が妊娠したかもしれないと思っているかしら？　ジェスはふと考えた。お互いベッドをともにするようになってから一度も生理がないことに、彼は気づいている？　本人は何も言わないけど、当然気づいているのではないだろうか。コリーナ・ヴェルデに戻ったら、近くの診療所を訪ねたほうがいいかもしれない。

妊娠なんて、こんなに簡単にするものかしら。セザリオにシャワーを譲り、タオルで体をふきながら、ジェスは顔がほてるのを感じた。確かに数えきれないほどセックスをした。ほとんど終日ベッドから出ない日もあった。いまこの瞬間も、彼に触れたくなる衝動をやっとのことで抑えている。自分がそこまで彼を求めているかと思うと、ショックだった。残されたわずかな時間で、あと何回愛を交わし、この熱い欲望を満たすことができるのだろうか。

いずれにせよ、妊娠のことは確定したわけではないのだし……。喜びと興奮とともに、不安がこみあげた。子どもが生まれるかもしれないという喜び。妊娠の事実が判明すれば、セザリオとの親密な関係がすべて終わるのだという不安。結局のところ、正式に妊娠がわかった時点で二人の〝プロジェクト〟は完了し、同じ屋根の下で暮らす理由はなくなるのだ。

ジェスは寝室の窓から外を眺めた。丘の斜面に沿って中世の家が階段状に下りていき、テラコッタのざらついた屋根が、古い町の風景になんとも言えない色合いとぬくもりを添えている。セザリオとの間に育《はぐく》んだ大切な思い出の数々が思い浮かんだ。ガルファグナーナのカステルヌオーヴォの市場で金箔《きんぱく》を貼《は》った聖人の肖像画を買ってもらったこと。彼はその聖人がジェスに似ていると主張したが、ジェスは彼の思いこみにすぎないと思っていた。おそらくそれが、イタリアに来て彼が最初に口にした、禁断の言葉だったのではないだろうか。実用本位の便宜結婚には、その種のくすぐりは無用の代物なのだから。

とはいえ、これまで二人がわかち合ってきたことの中には、実用的なことなどほとんど含まれていなかった。セザリオの案内でトスカーナの地を見てまわり、恋人同士のように手をつないで曲がりくねった通りを歩いたこと。伝統的な工芸品店で買い物をし、まるで絵のように美しいレストランで新鮮そのものの食べ物を食べたこと。自分に恋をするなと警告した同じ男性が、いつの間にか方針を変えてしまったかのようだ。かくいう私も、せっかくの雰囲気が変わってしまうのが怖くて、それを指摘できずにいる。誰もいない丘の斜面の花畑でピクニックをしたこと。屋敷のバルコニーでお気に入りのクラシック音楽を聴きながらロマンティックな夕食を楽しみ、熱っぽく語り合ったこと。フィレンツェもシエナもすばらしかったが、いまの時期は暑すぎるうえに混雑していた。セザリオは旅行シーズンが終わったらもう一度連れていくと約束したが、はたして約束は守られるのかどうか……。

その一方で、彼女はセザリオも生身の人間なのだということを知った。彼はときどきひどい偏頭痛に悩まされるが、それを話題にすることをかたくなに拒む。体調の悪さを少しでも認めるのは、弱音を吐くことだと考えているようだ。彼のそういう滑稽《こっけい》なまでの禁欲的な一面を思い出し、ジェスの口元に優しい笑みが浮かんだ。いつの間にか、二人の休暇は本当のハネムーンのようになってしまった。

フィレンツェに行ったとき、セザリオはデザイナーもののすてきなバッグと一枚の絵を買ってくれた。ジェスの目にはおかしな絵にしか見えなかったが、セザリオに言わせれば、これでアートに関する彼女のお粗末な趣味が少しは改善されるだろうという。そしてこの首飾り……。ジェスは喉元を飾る繊細なチョーカー・ネックレスに手を触れた。葉っぱをかたどった金の飾りは、まるでエレガントなクエスチョンマークだ。それは彼女の三十一歳の誕生日のプレゼントで、ジェスが何も言わなくても彼は覚えていてくれた。セザリオはさらに、従兄《いとこ》夫婦と食事に出かける際にアリスと並んでも見劣りしないように、ダイヤモンドのネックレスとイヤリングも身につけるべきだと主張した。

さらにジェスはセザリオに連れられ、エトルリア墓地遺跡と壮麗な宮殿《パラッツォ》も見学し、いいワインとそうでないワインの見分け方を教えてもらった。そこでジェスが、初めてのデートのときにどのフォークとスプーンを使えばいいかわからず困ったことを打ち明けると、生まれたときからそういう食事が当たり前だったセザリオには意味がわからず、それに伴う恐怖感を説明するのに彼女はひと苦労した。

私は夫に恋をしてしまったんだわ。ジェスは悟った。いま振り返ってみても、どうすればそうならずにすんだのかわからない。セザリオ・ディ・シルベストリはいつの間にか、私に慰めと幸せをもたらす存在になってしまった。

その晩のディナーの席で、セザリオはまたしても彼の評判に関する情報提供者の名前を明かすようにしつこく迫った。ジェスはつい同情的になり、実家の隣にホルストン・ホールの元家政婦が住んでいることを白状した。

セザリオは顔をしかめた。「秘密保持の同意書にサインしたはずなのに、人の私生活のことをべらべらしゃべるとは信じがたいな」

ジェスも顔をしかめた。「私もたぶん、彼女の話に耳を貸すべきではなかったわ。ドットは予定よりも引退が早くなって、そのことを根に持っているようだから」

「それは彼女が屋敷の現金に手をつけ、ワインを横流ししていたからだ」セザリオは冷ややかに告げた。「だから彼女には暇を出して、トマソを雇ったんだ」

ジェスは驚いた。「訴えなかったの？」

「彼女はかなりの年だし、生涯ダン・モンゴメリー家で働いてきたようなものだからね。ホルストン・ホールの新しいオーナーとして彼女を見せしめにするよりは、そのまま水に流したほうがいいだろうと思って」

食事のあと、二人は手をつないで小さなホテルに戻った。月に照らされた広場を四分の三ほど横切ったところで、セザリオはふいに立ち止まり、ゆっくりとキスをした。そこから伝わる深い飢えに、ジェスの心臓は激しく打ち始めた。

「あなたのことを誤解していたわ」彼女は後ろめたさに駆られ、打ち明けた。「あなたに関する悪い話を全部信じていたの。初めて会ったときから、あなたのことを最悪な男性だと誤解していたのよ」

月明かりの中で、セザリオは彼女を見下ろした。貴族的な整った頬の上で、黒い目がきらめきを放っている。「だが、いまは違うんだね」

「あなたは本当に、タブロイド紙に書いてあるように二股をかけたりするの？」ジェスは唐突に尋ねた。いまこの瞬間、心の奥の不安をさらけだしてもかまわないと思った。

セザリオは、困ったようにひと声うなった。「自分の証言が不利に働くこともあるのかな？」

「おそらくね」

「まだ若くてセックスがゲームだと思っていたころには、そうしたこともある。だがそのときでも、ほかにつき合っている女性がいる事実を偽ったことはないし、守れない約束をしたことはない」セザリオは答えた。「自分の父が常に複数の女性とつき合っていて、それがばれないように嘘《うそ》をつき、しばしば醜いけんかに発展するのを見てきたからね。できればそういうのは避けたかった」

「私もそういう嘘は許せないわ」ジェスは打ち明けた。「私にとって、正直であるというのはとても大切なことなの」

そのときセザリオの目が曇り、表情が張りつめた。私がむきになりすぎたので、きっと居心地悪く感じているに違いない。ホテルの小さなロビーで彼を見上げながら、ジェスは察した。

私の考え方は堅すぎて、彼には窮屈かしら。そう思うと、彼女は落ち着かなかった。もしかすると、私が彼に正直さを求めてそんなことを言ったのだと思われたかもしれない。

その晩セザリオが眠りについたあとも、ジェスは彼の隣に横になったまま、二人の未来に何が待ち受けているのか、それどころか、その危うい未来があとどれくらい続くのか、悶々《もんもん》と考え続けていた。

8

一日半が過ぎ、明日はイギリスへ帰るという日、ジェスは妊娠判定用のスティックが示している結果を呆然《ぼうぜん》と見つめた。

なんという皮肉かしら。こんなにあっさり妊娠するなんて。少なくとも一年はかかるだろうと思っていたのに。その事実は彼女の感情を二つに引き裂き、激しい葛藤《かっとう》を生んだ。心の半分では立ち上がって部屋じゅう踊りまわりたい気分だが、残りの半分は陽性結果を目の前にして完全にうろたえている。

これはつまり、セザリオとの結婚の実質的な終わりを意味するのかしら。そう思うと手放しで喜ぶなんてできないし、妊娠の事実を受け入れることさえ難しい。セザリオを愛しているのに。まだ彼を失う心の準備はできていないのに。それどころか、本当に心の準備などできるのかどうかわからない。ホルストン・ホールへは私ひとりで帰るのだろうか？そして出産を待つ間、セザリオからはたまに電話がかかってくるだけなの？　だって、それ以上の何が期待できるというの？　私たちが結婚した唯一の目的は、子どもを作ることなのだから。頭の中で寒々しい声がした。さもなければ、彼が私と結婚することもなかったのだ。子どもが現実のものとなったいま、セザリオは晴れて、ワインと女性と歌に囲まれたこれまでの生活に戻ることができるのよ。そう思うと、ジェスの胸には不安と吐き気がこみあげた。

もちろん、判定が間違っていることだってありえるわ。彼女は慌てて否定し、ごみ箱に捨てた検査キットに目を向けた。すると、それらがなんだか急に安っぽく当てにならない代物のように思えてきた。彼女は気を取り直した。自分で検査をしたと報告しても、セザリオはきっと喜ばないだろう。それより病院できちんと診断を受けたほうがいい。それならもう少し待って、イギリスに帰ってから村の診療所を訪ねよう。彼女の不安は晴れ、眉《み》間《けん》のしわは消えた。自ら進んで逃げ道を断つなんてばかげているわ。有無を言わさぬ証拠が得られるまで、判定結果のことは黙っていよう。そう心に決めると、ぐっと気分がよくなった。用心するに越したことはない。セザリオに妊娠を打ち明けて、そのあと間違いだとわかったら、あまりに悲惨でしょう?

もちろん本当に妊娠していた場合に備えて、健康面には可能なかぎり注意しなければならないだろう。少なくともアルコールを口にするのはやめ、食事にも気をつける必要がある。とはいえ、これまでのところ体調に変化は認められなかった。確かに少々疲れやすく、胸が敏感になった気がするが、耐えられないほどではない。二つの感情のはざまで揺れながら、ジェスは平らなおなかに手を当てた。私のおなかの中で、本当に赤ちゃんが育っているのかしら。

ほっそりした体の線を映しだすシンプルな赤いドレスに身を包み、ジェスはランチをとろうと階下に下りた。家政婦のアゴスティーナが、アリスが来てセザリオと話していると伝えに来た。自分も顔を出そうと、ジェスが不規則な形をした応接室に入りかけたとき、驚いたことにセザリオの怒鳴り声が響いた。

「断る！　論外だ！」

「だけど、いまのままでは、彼女とまともに目も合わせられないわ」アリスはつらそうに訴えた。「ジェスには本当のことを知る権利があるのよ、セザリオ。あなたがずっと黙っていたら、彼女はどう感じると思う？」

部屋の隅に立ち、ジェスは凍りついた。想像がみるみるふくらんでいく。何をそんなにもめているのかどうしても知りたくて、彼女は耳をそばだてた。

「知らないことで彼女が傷つくわけではない。いつでも真実を知らせるほうがいいとはかぎらない」

「だけど彼女といるとあまりに後ろめたくて――」

「当分は顔を合わせることもないさ。明日の朝にはイギリスへ発《た》つんだから」

「ごまかしても同じよ。私たちのしていることは間違っているわ」アリスは高ぶった声で訴えた。「私たちは彼女をだましているのよ！」

「これ以上この話はしたくない」セザリオは有無を言わさぬ口調で彼女の言葉を遮った。

〝私たちのしていることは間違っている。彼女をだましている……〟ああ、なんてこと！ジェスは吐き気を覚え、よろめく足取りでホールへ戻った。ひとりきりになりたくて、彼女は下りてきたばかりの階段を目指した。二人は私の陰で関係を持ち、それでアリスは罪悪感にさいなまれているのかしら。アリスのほうは、きちんと清算したがっているようだった。でもセザリオは、二人の関係をずっと秘密のままにしておこうとしている。もちろん彼にとっては、黙っていたほうが何かと都合がいいに違いない。

この便宜結婚を始める時点で、彼は自分が本当に愛している相手のことを私に打ち明ける義務があったかしら。いいえ、おそらくなかった。私が勝手に思いこんでいただけで、誠実さとか心の奥の感情といったものは、私たちの結婚には含まれていない。彼が心の中で何を思おうと、私にはいっさい関係ない。彼が私と結婚したのは、単に嫡出の子どもを得るためなのだから。そしていまも、彼はコリーナ・ヴェルデを相続するために子どもを必要としている。つまり彼としては当然ながら、いまこの時点で不実を告白し、わざわざ波風を立てるようなまねはしたくないに違いない。

すべてのつじつまが合う。ショックと幻滅でめまいと吐き気を覚えつつ、ジェスはベッドの端に倒れこんだ。体じゅうに汗が噴きだし、胃の中がぐるぐるまわっている。たったいま知った事実に、全身が恐ろしい嫌悪の反応を示している。自分の結婚した相手は、もっと立派な男性だと思っていた。だってセザリオとステファノは、きょうだいも同然の仲ではなかったの？　セザリオは早くに母親を亡くし、ステファノとは家族のように育ったはず。そして、ステファノはアリスを溺愛《できあい》している。愛する妻が親友と関係を結んでいると知ったら、とても立ち直れないはずだ。なぜセザリオは、ステファノに対してそんな仕打ちができるのかしら？

私ったら、なんてばかだったの。セザリオの言葉を鵜呑《うの》みにして、何も見ていなかった。二人はかつて恋人同士だったんだもの。もっと疑ってかかればよかったのだ。そういう友情が純粋にプラトニックなものである確率が、はたしてどれだけあることか。しかもアリスはあんなに美人なのだから……。

ジェスは固く目を閉じ、こぶしを握りしめた。セザリオに関するタブロイド紙の記事を否定するのは早すぎたかもしれない。私は自分が彼を愛してしまったので、彼のことをいいように解釈したくて、そういううわさはゴシップ好きの読者のためにでっち上げられたのだと都合よく思いこんでいた。私でさえそうなのだから、ステファノが二人の関係を清いものだと信じていても不思議はない。

私はどうすればいいの？　セザリオの妻ではあるものの、自分がどういう状況に置かれているのかジェスにはよくわからなかった。彼はいま現在もアリスと関係しているのかしら。それとも、私との関係が終わるまでは、控えているの？　あるいは、不倫を働くような人間がそういうことを気にすると考えること自体が、考えが甘いのかしら……。

しかし実際には、セザリオは結婚してからほとんどずっと私と時間をともにしている。私の目を盗んでアリスと密会をする時間があったとは思えない。説明もなく出かけたこともなければ、外泊したこともないし、携帯電話に出なかったことも一度も。もし彼が本当にアリスと情事を重ねているのだとすれば、疑念を抱かれないようによほど気をつけているに違いない。あるいは先ほどの謎《なぞ》の会話について、別の解釈を試みることは可能だろうか。

それともやっぱり、こうして私が誤解しているのかもしれないと考えることそのものがばかげているのかしら。悶々《もんもん》と考えながら、ジェスは再び階下へ向かった。ダイニングルームに入ると、ほぼ同時にセザリオが入ってきた。

「食事はアリスも一緒に？」彼女の訪問を知っていることを伝えるつもりで、ジェスは尋ねた。

まっすぐに見つめ返すセザリオの目に、動揺の気配はうかがえない。「いや。引き留めたんだが、午後に来客があるらしくて。そういえば、君への贈り物を預かったよ。たぶん遅い誕生日プレゼントのつもりだろう」彼は部屋を出ていったかと思うと、ほどなく戻り、包みを差しだした。

ジェスは顔をしかめた。「何かしら」

「たぶん君のために何か描《か》いたんじゃないのかな」セザリオはぞんざいに答えた。

包装紙に続いてクッションシートを開けると、そこにはバルコニーの陰で寝そべる犬たちを描いた額縁入りのデッサン画が現れた。そういえば前にアリスがスケッチしている姿を見かけたが、てっきり周囲のすばらしい風景を描いているのだろうと思っていた。

「なんてすてきなの」心のこもった贈り物に、ジェスは強く胸を打たれた。一匹一匹の特徴が、実に注意深くとらえられている。「彼女、本当に才能があるのね」

「僕が買った絵より、こっちのほうに感動するのかい」セザリオは信じられないと言いたげに眉をつり上げた。

ジェスは、そこに描かれた犬たちをじっくり眺めた。見ているだけで楽しくなってくる絵だった。大切にしようと思うと同時に、後ろめたさがこみあげた。これだけの手間暇をかけて心のこもった贈り物をくれる女性が、その一方でセザリオと情事を働くなど絶対にありえない。それともそんなふうに思うのは、私が甘すぎるから？　けれどもジェスには、このような気遣いと友情を示してくれるアリスが別の場面で自分を欺いているとは、とにかく信じられなかった。二人が何を言い争っていたにせよ、秘密の情事のことではありえない。ジェスはしだいに確信した。もしかすると私のほうが、少々被害妄想に陥っていたのかもしれない。セザリオとアリスの仲のよさに、理不尽な嫉妬《しっと》を抱いたのかも。おそらく二人の仲がうらやましくて、いきなり誤った結論に飛びついてしまったのだ。そう考えると、恥ずかしさに顔がほてった。

「今日の午後はやけに静かだね、僕の小さな恋人《ピッコラ・ミア》」

「ひどく暑いし、なんだか眠くて」それは本当だった。

「確かに疲れているようだ。考えてみたら、夜もまともに寝かせていなかったな」セザリオの声にはとまどいがにじんでいる。「だが今夜は――」

「いいえ、いま、少し眠るわ」ジェスは考える前に答えていた。

セザリオの端整な顔がおもしろがるような表情になり、口元にセクシーな笑みが浮かんだ。「求められてうれしいよ」

私が妊娠している可能性があると知っても、彼は求められてうれしいと感じるかしら。それとも思いがけず私との蜜月《みつげつ》が終わってほかの選択肢が開け、そのことを喜ぶかしら。さまざまな不安はあったものの、ジェスはベッドに横たわるなり眠りに落ち、そのまま夕方まで眠り続けた。

目覚めた彼女はセザリオを捜し、彼が普段書斎に使っている部屋に行った。彼女が入口でためらっていると彼が顔を上げ、ジェスの姿に目を留めた。

「おいで、これを見てごらん」セザリオが眉間にしわを寄せて促した。

ジェスはそちらへ歩いていき、彼が見ている紙を見下ろした。「これは？」

「今日の午後、リゴ・カステロがスキャンして送ってきた」

ジェスはその紙に注意を向けた。新聞から切り抜いたらしい雑多な文字が集まり、メッセージになっている。しかし、スペルのミスがあまりにひどく、単語を理解するのが大変だ。それでもメッセージが英語であることはすぐにわかった。「送ってきたというのは、どこから？　リゴというのは？」

「ホルストン・ホールの警備責任者だよ。このメッセージのオリジナルが、今朝向こうに届いたそうだ。盗まれた絵が見つかったので、発見者に謝礼金を支払うなら絵を返すと書いてある」

「あなたの絵って……あの、盗まれた絵のこと？　謝礼金ですって？」ジェスは信じられない思いで叫んだ。

「盗んだ本人が送ってきたと考えて、まず間違いないだろう」セザリオの端整な顔に、皮肉のにじんだ笑みが浮かんだ。「おそらく期待していたような金額では売れないとわかり、身の代金代わりに僕からせしめることにしたんだろうな」

スペルミスだらけの文章を解読するのにジェスが苦労していると、セザリオが声に出して読んでくれた。それによると、お金の受けわたし場所は追って指示するという。「どうするの？」ジェスはとまどい、ささやくように尋ねた。

「もちろん自分のものを返してもらうのに金を出すつもりはない」セザリオはあざけりの

にじんだ声で答えた。「犯罪者におめおめと身の代金を支払うのはお断りだ」

ジェスはその場に立ちつくしたまま、落ち着かなげにもじもじした。警察に通報さえできれば、絵は戻ってくるだろう。だがもちろん、それでは父も有罪になる。思春期のころに、母方の親戚《しんせき》が犯罪に関与していたとわかり、屈辱を噛《か》みしめたときのことがよみがえった。それと同時に、彼女ははたと手紙の主に思い当たった。間違いない。

「私がまだ十代だったころに、従兄《いとこ》のジェイソンとマークがこれとよく似た手紙を近所の人に送ったことがあったわ。警察に苦情を訴えられたことを逆恨みして、送りつけたのよ」彼女は苦々しく打ち明けた。「その手紙も単語のスペルが悲惨だった。手紙はたぶん、彼らのしわざよ」

セザリオは細めた目で、彼女の顔をじっと見つめた。「どうやら僕は、ずいぶん興味深い一族と親戚になったようだな」

ジェスの顔は火のように熱くなった。「お願いだから、そういう冗談はやめてもらえない？　そういう人たちと親戚だなんて、あなたならどういう気分がすると思う？」

「確かにそうだ、僕の奥さん《モーリエ・ミア》。不当でつまらない皮肉だったよ。しかも君は、有益な情報をくれたというのに。この話はもうよそう」セザリオは断言し、顎に力をこめた。

「絵のことは本当にごめんなさい。あなたがどんなに大事にしていたかは、わかっているわ」彼女はおずおずと口にした。

セザリオの陰りを帯びた端整な顔が和らぐ。「君のせいではないし、君に責任を負わせるようなことはしないよ。君の父親がうっかり愚かなことにかかわってしまったからといって、自分を責めることはない」

目下の状況を考えれば、それは寛大な言葉だった。ディナーの間もセザリオはずっと物思いにふけっている感じで、食後も仕事があるからと断り、そのままベッドには戻らなかった。結局ジェスは、この数週間で初めてひとりで眠った。ベッドに横になったまま、彼女は翌朝イギリスに帰ることを考えた。セザリオが距離をおこうとしているのは、私に盗みを働くような親戚がいることに嫌気が差したからだろうか。自分を責めるなと言ってくれるのはありがたいが、そもそも彼と結婚したのも、そしておそらく彼の子を宿したのも、もとはといえばその盗みが原因だ。

翌朝は目を開けているのもつらく、顔色の悪さを取りつくろうために、いつもより入念に化粧をした。朝食後にようやくセザリオと顔を合わせたときにも、彼の態度は依然としてよそよそしかった。とにかく妊娠の可能性について答えを知りたかったので、イタリアの空港へ向かう前にチャールベリー・セントへレンズの診療所に電話をして、予約を取った。あとは飛行機でイギリスへ帰るだけだ。犬たちはひと足先にホルストン・ホールに戻っていた。

「ここはもう君の家だよ、ピッコラ・ミア」エリザベス朝様式の屋敷にリムジンが到着すると、セザリオが言った。「変えたいところがあれば自由に変えて、どうか気持ちよく過ごしてほしい」

寛大な申し出は、ジェスの将来に対する不安を大いに慰めてくれた。けれども、そこで彼女はふと気づいた。そういえば彼のイタリアの家、コリーナ・ヴェルデではハネムーンを過ごしただけで、そういう寛大な言葉は一度も聞かなかった。その件について深読みしすぎないよう、ジェスは懸命に努力した。セザリオの態度がよそよそしく感じられるのは、泥棒騒ぎのせいに違いない。盗まれた絵を取り戻すのに金を払えと要求されれば、さらなる屈辱と受け止めるのも当然だろう。

「君に新しい車を買っておいたよ」私道を玄関へ向かって歩きながらセザリオが言った。「前の車はスクラップ寸前の代物だったからね」

「新しい車なんて必要ないのに」ジェスは抗議した。

「ほら、あれだ。正面に止まっているブルーの車」セザリオが彼女の言葉を無視し、説明を続けた。

そこには真新しい最高級のレンジローバーが止まっていた。年代物の前の車に比べ、十倍は値が張るに違いない。シートには、見たこともない贅沢《ぜいたく》なクリーム色のレザーが使われている。「これもまた、うるわしく生まれ変わった私の新しいイメージの一部というわけね」贅沢な車を一周したのち、彼女はセザリオを振り返り、辛辣《しんらつ》に指摘した。

「いや、そういうわけじゃない。君が乗っていたぼろ車では、安全性に問題がありそうだったからだ。夜間に人気のないところで立ち往生されるのは願い下げだからね」セザリオはすらすらと応じた。

ジェスは一瞬、よけいなお世話だと反論しかけた。だが考えてみれば、セザリオが自分の身の安全を気にかけてくれたことは、まんざらでもない気がする。それは充分に夫らしい気遣いだし、彼女もいつもよりずっと本物の妻らしくなった気がした。

「私と犬が使うんだから、きっとあっという間に汚れるわよ」ジェスは力なく警告した。

玄関口に、満面の笑みを浮かべたトマソが現れた。犬たちがいっせいに飛びだしてきて、ひとしきりほえ立て、前足でじゃれついて二人の到着を歓迎した。その後セザリオは、人に会う約束があるからと言い残し、そそくさとガレージへ向かった。ウィードが慌ててあとを追い、角を曲がっていった。痩《や》せた猟犬のウィードはイタリアにいる間にずいぶん自信をつけ、さながら影のようにセザリオにくっつきまわっている。ウィードのあとを、さらにマジックが弾みながら追っていった。

ジェスは楽な服に着替えたのち、予約を入れておいた村の診療所へ向かった。三十分後に答えを得た彼女は、来春には子どもが生まれるという事実にいくらか衝撃を受けつつ、母のもとを訪ねた。

「一時間前にセザリオが来ていたわよ」実家に着くと、シャロン・マーティンが娘に言った。「お父さんとはすでに話したらしくて、サムおじさんのことを二、三質問していったわ」

ジェスは身を硬くし、眉間にしわを寄せた。「彼は何をたくらんでいるの？」

「何がなんでも自分の絵を取り戻すつもりなのよ」シャロンは悲しげに答えた。「お父さんのことはなるべく巻きこまないようにするけれど、保証はできないと——」

「そんなのずるいわ！」ジェスは驚いて叫んだ。「私と取り引きをしておきながら……」

「要するに彼は、取り引きも手放したくないし、絵も取り戻したいのよ。典型的な男性ね」シャロン・マーティンは辛辣に指摘した。「欲しいものがあるのにどうして手に入れてはいけないのか、としか思わないのよ」

ジェスは深く息を吸いこんだ。「お母さん、来年の春には孫ができるわ」

突然の告白に母は言葉を失い、喜びの声とともに娘に駆け寄り、ぬくもりのこもった抱擁を授けた。「驚いたわ。ずいぶん早かったのね！　あなたはうれしいと感じているの？」

母を心配させまいと、ジェスは口元に笑みを張りつけた。「天にものぼる心地よ。セザリオにはまだ話していないの。だからお母さんも黙っていてね」

屋敷へ戻る前に動物病院に寄り、上司にありのままを打ち明けた。妊娠したとなれば、勤務に関してもあれこれ変更が必要になるだろう。母体の安全を考えて、引き受ける仕事の内容も検討しなければならない。いろいろと面倒が予想されるにもかかわらず、チャーリーは心からおめでとうを言い、自分が初めて父親になったときの喜びの日々について語ってくれた。

ホルストン・ホールに戻るとトマソがいて、大きなカンバスを壁にかける作業を監督していた。そこには嵐《あらし》の中で風にしなるひからびた木のようなものが描かれている。トマソのそばには恰幅《かっぷく》のいい警備主任のリゴ・カステロが立ち、満足そうに笑みを浮かべている。ジェスは呆然としてその絵を眺めた。前にセザリオに聞いた話から推測して、絵の正体はすぐにわかった。セザリオの居場所を尋ねたのち、ジェスは急いで書斎へ向かった。犬たちがあとに続いた。「あの絵を取り戻したのね？　いったいどうやって？」

セザリオはデスクの端にくつろいだ様子で腰かけていたが、ジェスを見て優雅に立ち上がった。彼は耳の聞こえないテリアのマジックに片手で合図を送り、ほえるのをやめさせた。「君の親戚のサムおじさんは、なかなか話のわかる人物だったよ」

すると次の瞬間、なんの前触れもなく、まるで誰かが足元の絨毯《じゅうたん》を引っ張ったかのように、セザリオの体が急に横になり、そのまま床に崩れた。

「トマソ！」ジェスはショックに打たれて叫び、セザリオのそばに膝をついた。彼の顔は完全に色を失い、額に汗が光っている。

最初に駆けつけたのはリゴだった。「ここは私にお任せください、奥様《シニョーラ》」

「医者を呼ぶわ」ジェスは叫んだ。セザリオは意識を失っているようだ。

「それには及びません、シニョーラ。ミスター・ディ・シルベストリはすでにお気づきです」

ジェスが振り返ると、セザリオのまつげが上がり、うつろな目がのぞいていた。彼は何度かまばたきをした。ジェスの心臓は、いまも猛然たる勢いで胸をたたいていた。リゴがイタリア語で何やら早口にささやくと、セザリオは震える手で髪をかき上げ、返事をした。

「医者を呼ぶわ」ジェスは繰り返した。

「いや、医者は必要ない」セザリオが不自然なほど強い口調で却下した。立ち上がろうともがきながら、リゴの腕に寄りかかっている。

しかし、ジェスにはほうっておける状態にはとうてい見えなかった。「だって、どう見ても具合が悪そうだわ。ちゃんと医者に診てもらって……」

「絨毯の角に足を引っかけただけだよ。頭を打ったわけでもない」セザリオは言い、リゴの手を払った。リゴは心配そうに雇主を見やったのち、部屋を出ていった。

ジェスは眉根を寄せ、絨毯に目を向けた。絨毯は完全に平らだ。セザリオの倒れ方も、うっかり足を引っかけたというよりは、いきなり崩れ落ちた、あるいは失神した、という感じだった。彼の説明は理屈に合わないし、どうしてそんな嘘《うそ》をつくのかもわからない。ジェスは不安な思いで彼の様子を観察した。ありがたいことに顔色もよくなり、ほぼいつもの状態に戻っている。ほんの数カ月前まで赤の他人としか思っていなかった彼のことを、いまは世界そのもののように感じていることに気づき、彼女は愕然《がくぜん》とした。

「伯父と話したの？」彼が回復したようなので、再び絵のことに興味が戻った。

「ああ。彼も警察沙汰《ざた》は避けたいようだった。自分の息子たちが本当に絵を持っているならすぐに返却させると言っていたが、その言葉に嘘はなかったようだな」セザリオは冷ややかに指摘した。

「話がつかなければ、警察を呼ぶ気だったの？」ジェスには聞き捨てならなかった。

「そうだ。君の従兄たちの好きにさせるわけにはいかないからな」セザリオは躊躇《ちゅうちょ》することなく認めた。「君のお父さんにも、あらかじめ警告しておいた。だがまあ、晴れて絵は戻ったわけだし、このことはもう忘れよう」

「確かに絵が戻ったのはよかったけど、あなたのやり方はフェアではないんじゃないかしら」明るいグレーの目に非難の色を浮かべ、ジェスは指摘した。「私は父の身を守るためにあなたと結婚し、子どもを産むことに同意したのよ。それなのにあなたは、父を犠牲にしようとしたの？」

「起こりもしなかったことでなぜ騒ぐんだい、ピッコラ・ミア」セザリオはそばに近づき、不安げな彼女の顔を両手で包み、長い指で優しくなでた。「お父さんは罪を犯すつもりなどなかった。事件後に直接話をしてみて、そう感じたよ。万一警察が介入することになっても、警察も同じ結論に達していただろう。だからお父さんは、危険にさらされたわけでもなんでもないんだ、モーリエ・ミア」

ジェスの体は震えだした。彼に間近に迫られ、理解に満ちた言葉をかけられて、自分でも認めたくないほど彼のことが意識されてならない。セザリオに〝僕の奥さん〟と呼ばれた瞬間、世界のすべてがぐっと明るくなった感じがした。彼女がセザリオの首に腕を巻きつけると、彼はすぐにキスで応《こた》えた。唇から伝わる飢えと情熱が彼女のめまいを誘い、見る間に欲望がこみあげる。呼吸が荒くなり、胸の頂が痛いほどに硬くなるのを感じながら、ジェスは彼のたくましい体に自身の体を押しつけた。

「ベッドへ行こう」セザリオはかすれた声でささやき、彼女の手をつかんで部屋を出た。

「もうすぐディナーの時間よ」ジェスはささやいた。

「大丈夫、トマソは僕たちを飢えさせやしないよ」

けれども二度目のキスは彼女の内側に容赦ない飢えをもたらし、彼の舌が入ってくるたびに、彼女は細い体を震わせた。体の奥で燃え盛る炎が、さらなる燃料を求めているかのようだ。彼女はセザリオのジャケットを乱暴に脱がせ、シャツの前を開いた。彼が静かに笑い、残忍とさえ言える勢いで彼女の唇を奪った。彼の手で性急に服を脱がされるのを感じながら、ジェスは、彼もまたせっぱつまった欲求にとらわれていることを察した。

熱く熟れたジェスの体にセザリオが身をうずめ、喜びのうめき声をあげると、その声が彼女をさらにたきつけた。ジェスは大胆に彼を求め、クライマックスを目指して体を揺すり、力をこめた。やがてセザリオの腕の中で砕け散ると、波となって押し寄せる喜びにうっとりとおぼれ、すさまじい速さで彼女の胸をたたく彼の心臓の音と重なり合った体の確かな感触のほかには、何も考えることができなくなった。

「誰かのことをこれほど必要だと感じたのは初めてだよ、いとしい君《カーラ・ミア》」ジェスを手放すことを惜しむかのように、セザリオがしっかりと彼女を抱く。

薄れゆく明かりの中でジェスは笑みを浮かべ、愛情をこめて、影の差した彼の顎にそっと触れた。均整のとれた骨の造作といい、長いまつげに縁どられた黒い目といい、なんてすてきなのだろう。彼に必要とされているかと思うと、最高の気分だった。こんなふうに彼が情熱を示してくれると、自分が特別な存在になった気がする。妊娠のことを告げるなら、いまがいちばんいいタイミングかもしれない。そう思ったのち、ジェスは慌てて否定した。そんなことをしていまの生活を変えてしまうよりは、もう少しだけ二人で過ごす時間を味わっていたい。妊娠のことは、明日の朝に話そう。

しかし、翌朝目が覚めると、ジェスはベッドにひとりだった。朝食のときに妊娠のことを打ち明けるつもりだったが、もはやそういう時間ではなくなっていた。

短いズボンとシルクの上着に着替え、ジェスは我が家となった屋敷の階下へ急いだ。

セザリオは書斎の電話でイタリア語で話していた。デスクの下に、ウィードとマジックが丸くなっている。ジェスは入口に立ち、愛情と優しさあふれるまなざしで、しばしセザリオの様子を見守った。二人でわかち合った親密な時間が思い出され、情熱の報いとも言うべき秘めやかな痛みが誇らしく感じられた。

9

「ジェシカ……」彼女の存在に気づいた瞬間、セザリオの表情が明らかに硬くなった。「すぐに終わるよ」

彼のよそよそしい態度に少し傷つきながらも、ジェスはトマソに二人分のコーヒーを頼み、椅子に腰を下ろした。

「話があるの」セザリオの電話がすむと、彼女は急いで切りだした。

ありがたいことにトマソがトレイを運んできたので、少し間をおくことができた。セザリオはカップを手に取り、窓際へ歩いていった。日差しを受けて、黒い髪と黒い目により威厳が備わっている。「話というのは？」彼はさりげない口調で尋ねた。

ジェスは毅然《きぜん》として顔を上げた。「妊娠したわ」

セザリオは見るからに驚いたようだった。思いもよらないニュースを突きつけられたかのように、眉間《みけん》にしわが寄っている。「まさか……」

「本当なの」彼女は自信に満ちた笑みを浮かべた。「昨日病院へ行って確かめたから、間違いないわ」

「だがこんなに急に……その、こんなに早く?」セザリオは堅苦しい口調で尋ね、息をのんだ。「お互いもう三十過ぎだし、もっと何カ月もかかるだろうと思っていたのに」

「いいえ。来年の一月末には、私たちは親になるのよ」自身の興奮をセザリオにも伝えたくて、ジェスは言葉に熱をこめた。だが彼は、あまりに静かにその場に立ちつくしている。

「来年の一月……」セザリオはゆっくりと繰り返した。

その顔はどことなく青ざめ、待ちに待った知らせを聞いたというよりは、激しいショックを受けているようだ。けれども目は伏せられているので、何を考えているのかわからない。これまで見たこともないような、完全な無反応だと言えた。

「うれしくないのね」彼女は抑揚のない声で指摘した。

セザリオは我に返り、慌てて近づいてきたが、すぐにまた立ち止まり、いつになく不安そうにためらった。「もちろん、うれしいに決まっているじゃないか」

ジェスは体が硬くなるのを感じた。ゆうべの親密な時間の名残は完全に消えた。「いいえ、あなたはちっとも喜んでいないし、どうしてなのか、私にはさっぱりわけがわからないわ。あなたは子どもが欲しかったんじゃないの? そのために私と結婚したのでしょう?」声がだんだん高くなり、恐ろしいことに、一瞬泣き声に聞こえたような気がした。

「いったいどうしたというんだ」セザリオがとがめるように尋ね、抵抗する彼女をしっかりと抱き寄せた。「妊娠がわかってショックを受けているのか？」

「もちろん違うわ」彼女は頑として否定し、途方に暮れたまなざしで彼を見上げた。「私がこんなふうに感じているのは、あなたのせいじゃない。あなたは気が変わったのね？もう赤ちゃんなんて、欲しくないと思っているんでしょう？」

セザリオは大きな手で彼女の手をしっかりと包みこんだ。「何を言っているんだ。もし君が僕の子を身ごもったというなら――」

「もしではないわ」ジェスは挑むように指摘した。

「それならなおさら、こんなうれしいことはないとも、僕の小さな恋人《ピッコラ・ミア》」セザリオは頑として主張し、自分の言葉を意志の力で信じこませようとするように、彼女の不安げな顔をじっと見つめた。「ただ、せっかくこんなすばらしい知らせを聞いたばかりなのに、急な仕事で今日の午後にはミラノへ発《た》たなければならないんだ。君をひとり残して出かけることを思うと心配で」

彼がもう家を出ると聞いて、ジェスの心は沈んだ。しかも、昨日発ったばかりのイタリアへ。それでもいまの説明を聞いて、ある意味ほっとしていた。どうやら妊娠の報告は間が悪かったようだ。セザリオの頭はすでに仕事のことで占められているうえに、急いで出かけなければならない状況なのだ。

「私なら平気よ。いざとなれば実家はすぐそこだもの。それに実を言うと、私のほうもずいぶん仕事がたまっているの」

彼女の手を握るセザリオの手に、力がこもった。「おなかに赤ん坊がいるなら、ゆっくり休まなくてはだめじゃないか」

「大丈夫、ちゃんと気をつけるわ。病院のほうは、もうパートタイムだし」彼女は念を押した。「でも保護施設のほうの移転の準備だとか、スタッフの手配だとか、することが山ほどあって」

そうして二、三時間後に彼が家を出ていくまで、ジェスはずっと陽気にふるまっていた。気難しく扱いにくい妻だと思われたまま、彼に出かけてほしくなかったのだ。けれど動きやすい服に着替え、トランク部分を改造した贅沢《ぜいたく》な新車に犬たちを乗せて運転しながらも、妊娠したことを報告したときのセザリオの反応は、やはり物足りないとしか思えなかった。

やっぱりセザリオは喜んでいないんだわ。ジェスは結論づけた。結婚後に何かが変わったに違いない。私との間に子どもを作ることを考え直したのかしら。確かに妊娠は予測していたよりずいぶん早く、彼は心の準備ができていなかったのかもしれない。でもそれだけで、父親になるのをためらったりするだろうか。ジェスは、彼女が妊娠を告げたときのセザリオの表情を思い出した。それが意味するものは、物悲しさ、動揺……罪悪感？　彼女は眉根を寄せた。罪悪感ですって？　どうしてそんなことを。気のせいに決まっているわ。だって、私の妊娠は最初から想定していたことなのに、なぜ彼が罪悪感を抱かなくてはならないの？

続く四日間は、病院の仕事も保護施設のほうも特別に忙しかった。動物を飼ってはいけない賃貸物件で犬を飼い始め、結局放棄する人々は少なくない。最近は、えさ代や治療費を賄えなくなる飼い主がどんどん増えている。そんなわけで、村営の動物収容所から、望まれない犬が続々と送られてくるからだ。

セザリオからは二度だけ電話があった。夫からというより単なる知り合いからといった感じの、短くそっけない内容だった。自分たちの結婚が本物ではないことを改めて思い知らされたようで、ジェスにはつらかった。別に状況が変わったわけではないわ。単に、これまでは情熱のせいでその事実があいまいになり、お互いに混乱していただけよ。彼女は自分に言い聞かせた。ただ、セザリオのほうはすでに混乱から目覚めたらしいと考えると、彼女はさらに悲しくなった。セザリオは物理的な意味だけでなく、気持ちのうえでも距離をおこうとしているようだ。彼の態度はよそよそしく、丁寧だが他人行儀だわ。彼を失いつつあるような気がして、ジェスは不安をかき立てられた。失うも何も、もともと私のものだったわけではないのに……。彼は私を愛していたわけではない。彼の子を身ごもったいまとなっては、欲望も武器にはならない。

セザリオが屋敷を発ってから六日目に、彼に電話が通じないのでどうにか連絡を取ってほしいと土地管理人が訴えに来た。ジェスが彼の携帯電話に電話しても応答はなく、そのまま留守番電話サービスにつながった。最後にロンドン本社に電話したところ、セザリオは二、三日ほど休みを取っていて、週明けまで戻らないと秘書に言われた。

「彼はまだミラノにいるのかしら」ジェスはたたみかけてきいた。

「ミスター・ディ・シルベストリはロンドンにおいでですわ、奥様《シニョーラ》」秘書の声には、はっきりと驚きがにじんでいる。「奥様からご用がおありだとお伝えしておきます」

ジェスは愕然《がくぜん》とした。セザリオはイタリアに行くふりをして、ずっとロンドンにいたのだろうか。彼女の心は沈んだ。彼のそのような行動が、潔白である理由など思いつかない。

「大丈夫よ、その前に直接会うと思うから」ジェスは顔をしかめて受話器を置き、携帯電話でアリスの番号にかけた。彼女の電話もそのまま留守番電話サービスにつながった。続いて固定電話でステファノとアリスのイタリアの家に電話すると、アリスは友人を訪ねてイギリスにいるとのことだった。

わずか二週間のうちに二度までも、こんな思いを味わわされるなんて。まるで疑惑に全身をさいなまれているようだ。ジェスの頭の中で恐怖がいっきにふくれ上がり、最悪の可能性が思い浮かんだ。セザリオはアリスと会っているのかしら。私の夫とかつてのガールフレンドは、一緒にロンドンにいるの？　ジェスは胃をわしづかみにされたような痛みに襲われた。もう耐えられない。なんとしても真実を確かめなくては。涙をこらえようと目をしばたたいたが、押しとどめることができなかった。

このまますぐにロンドンへ行こう。セザリオのアパートメントを訪ね、正面から真実と向き合おう。彼はアリスといるのかしら。どういうことなのか確かめなくては。そうでないと、この先どうやって生きていけばいいのかわからない。私たちの結婚がいまも有効かどうかがわからないままでは、明日の朝、ベッドから起き上がることもできそうにない。

ロンドンにアパートメントがあることは知っていたが、訪ねるのは初めてだった。ジェスは最寄りの駅まで車で行き、ロンドン行きの列車に乗った。皮肉なことに、今回の旅行で初めて吐き気を覚えた。精神の不安定な状態が、体の症状として表れたのかもしれない。タクシーを拾ってモダンなアパートメントへ向かい、エレベータで上の階を目指しながら、彼女はスチールの壁に映った自分の姿に目を向けた。自分は本当に、こんな青ざめたみじめな顔をしているのだろうか。

アパートメントでは、リゴ・カステロが彼女を迎えた。迷惑そうなそぶりも不愉快そうな様子もいっさい見られなかった。要するに、浮気の現場は押さえられないということだろう。ジェスは背筋を正し、肩を張った。大丈夫、彼は生まれてくる子の父親よ。どんなに気まずい質問でも、私には尋ねる権利があるわ。彼女は自分に請け合い、ロンドンのすばらしい眺めを一望できる広々とした応接室に足を踏み入れた。

セザリオは屋上のテラスから部屋に戻ってくるところだった。風に吹かれて黒い髪が後ろにたなびき、整った顔立ちがはっきりと見てとれる。珍しくビジネススーツは着ておず、ジーンズに黒のTシャツという格好のせいで、鍛えられた体の線がますます際立っている。彼女の突然の訪問にも、驚いている気配はまったくない。おそらく、秘書から電話のことを伝え聞いたのだろう。

「ジェシカ……」

彼はささやくように呼びかけたが、どちらかといえばその声はわざとらしく、まなざしには警戒と抜け目のなさが見てとれた。

「驚いたのは私のほうよ」ジェスは鋭く制した。泣きわめいて苦しんでいるのをさらけだすようなまねはしたくない。「あなたはこの六日間、ミラノで仕事をしていたのではなかったの」

セザリオはまっすぐに彼女を見つめ返した。「嘘《うそ》をついたことはすまなかった」

「でもどうして？　私が知りたいのはそこよ」

「本当のことを話せば、君は知りたくなかったと思うだろう」セザリオはひるむことなく言い返した。「黙っていたのはそのためだ」

謎《なぞ》めいた言葉に惑わされるまいと、ジェスは深呼吸をして気持ちを落ち着け、単刀直入に問いをぶつけた。「そもそもあなたはミラノへ行ったの？」

「いや、ずっとロンドンにいた」

「アリスと一緒に？」彼女はぎこちなく尋ねた。

セザリオは顔をしかめ、明らかに驚いた様子で彼女を見つめた。「どうしてアリスがここへ来るんだ？」

「もしかしたらあなたたちが会っているんじゃないかと思って」ジェスはしかたなく認めたが、セザリオの痛ましい表情を見れば、彼が所在を偽った原因が従兄《いとこ》の妻との浮気でないことは明らかだった。

「いや」彼はぞんざいに否定した。「君の誤解だ」

「アリスでないとしても、ほかの誰かといたのね？」浮気に関する疑念を完全には払拭《ふっしょく》できず、ジェスはなおも食い下がった。

「まったく、君《ディーオ・ミーオ》以外の相手とのセックスなど、いまはとても考えられないよ」セザリオのいらだちは、ジェスの疑念を晴らすのに何よりも有効だった。

「だって、あなたが頭の中で何を考えているかなんて、私にわかるわけがないでしょう？」ほっとした彼女は、いつになく芝居がかった動作で両手を振り上げた。そしてそのまま歩いていき、窓際にたどり着いたところで、黒い巻き毛を肩で弾ませて勢いよく振り返った。「ミラノへ行くと言ったのは嘘だったのね」

「実を言うと、最初から君には多くのことを伏せていた」セザリオは打ち明けた。

「遠まわしな言い方はやめて、さっさと話して！」怒りに目を光らせ、頬を紅潮させて、ジェスは真っ向から尋ねた。

「誰も傷つけることなくうまくいくと、本当に思ったんだ」生々しい感情を声ににじませ、セザリオは静かに語り始めた。「君に結婚の話を持ちかけたとき、僕はたぶん精神的に落ちこんでいたんだと思う。それで脱出口というか、気晴らしの方法を探していたんだろうと――」

「いいからはっきり言ってよ、セザリオ！」ジェスは憤然として話を遮った。いったい何を落ちこむことがあるというのだろう。しかも私と結婚したのは、単なる気晴らしだったというの？　自分が彼のために雇われた役者にでもなった気がして、ジェスは屈辱を噛《か》みしめた。

「八カ月前に、病院で一連の検査を受けたんだ。そして診断の結果、僕の人生は突然終わりを迎えることになった」静かだが、力のこもった声だった。その顔がひどく張りつめている。「ときどき平衡感覚や視覚がおかしくなったり、ひどい頭痛に悩まされたりしていたんだよ。それで脳のスキャナー検査を受けたら、腫瘍《しゅよう》が見つかった」

思いもよらぬ展開に、ジェスは呆然《ぼうぜん》と彼を見つめた。「腫瘍が？」

「腫瘍そのものは良性らしいが、手術をすれば深刻な障害が残る可能性があるそうだ。僕としては、そんなリスクを引き受ける気にはなれなかった。そこで残された人生の量より質を大事にしようと決め、それ以上の治療を拒んだ」セザリオは静かに打ち明けた。

ショックのあまりジェスの顔はみるみる青ざめ、胃が宙返りを打った。いまの話をなんとかのみ下そうとしたが、自分が思い描いていたこととあまりに違いすぎて言葉が出なかった。「あの偏頭痛……先週倒れたのも……」

「腫瘍のせいだ」セザリオは答え、顎に力を入れた。「予想以上に進行が速くて、予断を許さない状況になりつつある。それでこの一週間、再検査のためにロンドンに来て――」

「つまり、私に結婚の話を持ちかけたときには、すでに自分が余命いくばくもないと知っていたのね」ジェスはささやくように言った。ようやく話の筋が見えてきたと思ったら、その意味するところにめまいがする。「私にあなたの子を産んでほしいと言ったときには、その子が育っていくときには自分はもうこの世にいないとわかっていたのね。よくも私をだましたわね！」

ジェスが次々と浴びせかける非難の言葉に、セザリオの顔が青ざめた。「先週、君に妊娠したと聞かされて、初めて自分の身勝手さに気づいたよ」

「身勝手だし無責任よ」ジェスは大声でわめいた。そのような重大なことを最初から知らされていなかったかと思うと、怒りがこみあげると同時にどうしようもなく傷ついていた。「ずっと夫婦でいる気のないことは知っていたけど、子どもの父親としては当てにできると信じていたのよ。あなたはそういうふうに思いこませたじゃない！」

それだけではない。ジェスはすでに気づいていた。知らなかったのは自分だけなのだ。セザリオの脳腫瘍のことは、ステファノもアリスも知っていたのだ。いまならわかる。ステファノがときおり従弟《いとこ》に向ける心配そうなまなざしの意味も、アリスがセザリオと口論してまで何を訴えていたかも。心美しきアリスはあの日、病気のことを妻に打ち明けるようにセザリオを説得していたに違いない。おそらくアリスは、この結婚が愛と信頼の上に築かれたものではなく、実用本位の便宜結婚にすぎないことも知らないのだろう。セザリオの告白はジェスを激しく動揺させ、彼とアリスに対する誤解を根底から覆すとともに、新たな恐怖に身をさらさせた。

「何もかも話して」ジェスは頑として要求した。

「コリーナ・ヴェルデを相続するのに子どもが必要だという話は、完全な嘘ではない」セザリオは険しい表情で説明を続けた。「祖父の面倒な遺言のせいで、子どものいない僕は、屋敷を相続するためにステファノとその息子を僕自身の相続人に指定しなければならなかった。しかし君を説得するのに遺言のことを利用したのは、本当に子どもが欲しかったからだ。自分には財産を残す相手もいないのかと思うと、これまで人生で築いてきたあらゆるものが、急に薄っぺらで無意味なものに感じられたから」

セザリオは大きな肩をすくめて彼女になかば背を向け、理解を求めるように両手を広げた。

「状況は見えているつもりだったんだ。これは正しいことだ、意義のあることだと。だが実際にはゆがんで見えていたうえ、目先のことしか考えていなかった」

「いったいどういう意義があるというの？」ジェスはまともにものが考えられなかった。ロンドンへ来たのは、愛する男性にとって自分がどういう存在なのかを知るためだ。それなのにセザリオは、ジェスが信じていたものを根底から覆してしまった。からみ合った嘘を彼が解きほぐし、むきだしの真実を彼女の目の前に広げてみせる間、ジェスは胸を激しくたたく心臓の音を意識しながら、不信の思いを募らせた。

「子どものことは、価値ある投資だと思ったんだ。自分には望めない未来に対する」セザリオは続けた。「だが結局、ごまかしにすぎなかった。僕は何が大切かではなく、何が欲しいかしか考えていなかった。そして、僕が欲しかったのは、君だ。初めて出会ったときから」

　そこまで言われてもいまのジェスには、そういう話に耳を貸す余裕はなかった。自分のまわりで世界が音をたてて崩れ落ち、ばらばらのかけらになって二度ともとに戻らない気がした。何もかも私が思っていたのとは違っていた。何もかも見かけとは違っていた。イタリアで過ごした夢のようなハネムーンは、ただの気晴らしにすぎなかった。あれにはなんの意味もなかったんだわ。セザリオは残酷にも、最初から私を欺いていたのね。彼は夫としても、子どもの父親としても、それどころか異国の地でともにひとときを過ごしたパートナーとしてさえ、私のそばにはいてくれないのだ。そう思うと、吐き気がこみあげた。彼はこの先どんな形でも私のそばにはいてくれないんだわ。

「何もかも嘘だったのね」ジェスは彼を非難した。

「そして君は、正直であることをとても重視している。わかっているよ」セザリオは皮肉のにじんだ口調で答えた。「自分のしでかしたことを過小評価するつもりはない。僕は間違っていた」

ジェスは憤慨した目で彼を見つめた。「いまさら後悔しても遅いわ。私はあなたと結婚して、妊娠したのよ！」

セザリオは、深みのある黒い目でじっと彼女を見つめた。そのとき初めて、ジェスは彼の本当の姿をはっきり見た思いがした。彼は単にハンサムでセクシーなだけでなく、計り知れない奥行きが備わっている。悲しいことに、私はこれまで探ってみようともしなかったけれど。自分の無知がひどくこたえた。

「君がそうしたければ、いますぐ別居してもかまわない」セザリオは静かに告げた。「覚悟はできている」

ジェスはたじろいだ。真っ赤に焼けた鉄を素肌に押し当てられた思いがした。二人の結婚をいかにも軽視したぞんざいな発言に対し、大声でののしり、わめき散らしたかった。互いを結びつけているものが実用本位の取り引きにすぎないことを、まざまざと見せつけられた思いがした。ふくれ上がる感情の波を、彼女はただプライドの力で抑えつけた。まるで二人の結婚が本当に一時の気晴らしにすぎなかったかのように、セザリオは私をドアへいざない、自由の身に返そうとしている。要するに彼は、ごく慇懃《いんぎん》に伝えつつあるのだ。これまでずっと私を欺き、真実を伏せてきたが、結局のところ彼にとってはどうでもいいことなのだと。その証拠に、彼はすがりつこうともしない。

「子どものことはどうするの?」ジェスは吐き気を覚えながら問いただした。

「すまない。君をこんなことに巻きこんで、本当にすまない」セザリオの声がうわずった。「謝ってすむことでないのはわかっているが、金銭的なことを除けば、僕には謝ることしかできない」

ジェスはありったけの意地をかき集め、非難の笑みを浮かべてみせた。「あなたのお金なんかいらないわ!」

「今週中に、ホルストン・ホールは君の名義に変更するよ」

ジェスは思わず身震いした。私の胸は張り裂け、こんなにも深い喪失感にいまにもおぼれそうだというのに、彼はあくまでも金銭的なことしか考えられないというのね。「まあすてき。つまり、ダン - モンゴメリー家の代々の屋敷が私のものになるというわけね。なんてうまくできた話かしら」彼女はヒステリックに笑い、心の痛みを悟られないよう、体の向きを変えた。

「どういうことだ?」セザリオが鋭く尋ねた。

「いままであなたには黙っていたけど、私はダン - モンゴメリー家の非嫡出の娘なの」ジェスはわざとらしく明るい声を取りつくろった。「ロバート・マーティンが私の母と結婚したときには、私はすでに生後十カ月になっていたのよ。私の本当の父は、英国国会議員のウィリアム・ダン‐モンゴメリー。ただし、本人は絶対に認めないでしょうけど。母が私を身ごもったとき、彼はまだ学生で――」

「それでルークは結婚式のとき、あんなに君にまつわりついていたのか。君が異母姉だと知っていたんだな」そういえば二人がどことなく似ていたことを思い出し、セザリオは顔をしかめた。「くそっ、だから君は僕と結婚したのか？　ホルストン・ホールを手に入れるために？」

雷に打たれたようなショックとともに、ジェスは呆然と彼を見つめた。

「君がそういう立場にあったなら、あの屋敷の所有者である僕は、さぞ魅力的に映っただろうな」彼は冷ややかに指摘した。

ジェスはみるみる青ざめた。「どういうこと？」

「君が自分で言ったんだろう？　実の父親が君のことを認知さえしようとしないのに、ダン‐モンゴメリー家の代々の屋敷が自分のものになるとは、なんとうまくできた話だろうと」セザリオはさらに続けた。「かまわないさ。君に迷惑をかけた分、ホルストン・ホールがなんらかの形で埋め合わせになるなら、むしろほっとする」

その言葉は最後通告の響きを帯びていた。黒に金色の浮かぶ目は冷たく、セクシーな唇は固く引き結ばれている。その瞬間、ジェスはようやく彼の考えていることを理解した。彼は自分の言うべきことをすべて言ってしまったので、あとはただジェスが帰るのを待っているのだ。それからさらに数秒ほど、ジェスは彼の冷ややかなまなざしに耐えていた。セザリオの拒絶に打ちのめされ、感情はほとんど麻痺《まひ》していた。そしてやがて、およそ自分のものとは思えないしびれた足で歩きだした。

セザリオは電話で何やら話していたが、彼の声も、動きも、ジェスには長いトンネルの向こう側で起きている出来事のようにしか感じられなかった。それはまるで、自分が完全に周囲から切り離されてしまったような感覚だった。

「家まで送らせるよ。いや、ここは素直に従ってくれ」口を開きかけたジェスを、彼はすかさず制した。「君は身重なんだ。ラッシュアワーの電車の中で空席を探すようなまねはしてほしくない」

彼の言葉に意識を集中するのに、ジェスはひどく苦労した。どうやらひどいショック状態にあるらしい。彼女はぼんやりと悟ったが、ひとつだけ、どうしてもそのままにしておけない疑問があった。「さっき、病状はさらに悪化していると言ったけど、あとどれくらい……」質問の恐ろしさに、その先が続かなかった。

「正確にはわからない。たぶん、長くて半年」不自然なほど穏やかな口調だった。「ひとつだけ頼みがあるんだが……」

「何かしら?」ジェスの声は震えた。誰かがミキサーのスイッチでも入れたみたいに、頭の中で〝半年〟という言葉がぐるぐるまわっていた。

「ウィードとマジックを僕に預けてもらえないかな。面倒を見られる間でかまわない」あとの部分をつけ加え、セザリオは唇を引き結んだ。

ジェスは喉を締めつけられる思いがした。息が苦しく、胸が痛い。耳の不自由な犬とコミュニケーションをとるために、セザリオが根気強く手話を覚えたことが思い出された。

「問題ないわ。お安いご用よ」彼女は懸命に声を出した。

リゴ・カステロが無言のまま彼女を地下の駐車場へ案内し、リムジンに乗せた。ジェスはふと、セザリオが倒れたときのリゴの様子を思い出した。

彼も秘密を知っていたんだわ。ジェスは悟った。セザリオを取り巻く人々の中で、私だけが何も知らされていなかったのだ。欺かれ、嘘をつかれ、のけ者にされて、私の犬は手元に置きたいと言いながら、私のことは必要ないと言う……。

10

その夜、ジェスは母の顔を見たとたんにさめざめと泣きだした。つもりにつもった悲しみと絶望をひとたび解き放ったが最後、涙は止まらなくなった。

シャロン・マーティンはその様子に驚き、娘がしゃくり上げながら語る話をしばらく聞いてからようやく状況を理解した。泣き終えたときには、ジェスの目はほとんどまわりが見えないほどに腫《は》れていた。それにもかかわらず、セザリオのことを思うと、なおも震える頬を涙が伝った。

「まったく、親戚《しんせき》じゅうで初めて大学を卒業したというのに、いざというときにはまったく役に立たないのね」母の言葉に、ジェスははたとショックから目覚めた。

「そんな言い方はないでしょう?」彼女は息をのんだ。

「だって愛する男性が死にかけているというのに、あなたはただ、自分がだまされたと文句を並べているだけじゃない。いったいどういうつもり?」母は娘を責め立てた。

愛する男性が死にかけている……。そう、ジェスの思考を凍りつかせているのは、まさにその単純な事実だった。その知らせは彼女の胸を引き裂き、怒りと恐怖をかき立てた。自分の現在ばかりか、未来までも破壊してしまいそうな恐ろしい現実を目の前に、何をどうすればいいのかわからない。

「セザリオが嘘《うそ》をついたのは、あなたを守るためでしょう？　しかもあなたの様子を見るかぎり、彼の判断は正しかったんだわ。あなたときたら何もできずに、ただここで泣きわめいているだけなんだから」母は手厳しく非難した。「頭の中身はどこへ行ったの、ジェス？　セザリオは、彼が病気であなたが妻だからという理由だけで、あなたに義務感からとどまってほしくないのよ。きっと、あなたと過ごす時間がもう少しあると思っていたのね。彼は同情されたくないんだわ。いますぐ別居してもかまわないと言ったのはそのせいよ。だから、あなたはあなたで、なんでも自分のしたいようにすればいいの」

ジェスは目をしばたたき、母を見つめ返した。「私のしたいように？」彼女は母の言葉を繰り返した。

「あなたは一週間前までセザリオとイタリアにいて、お互いとても幸せだったんでしょう？」母の声が柔らかくなった。

「そうだけど――」

「〝だけど〟はなしよ。セザリオだって、たかが数日でそんなに気持ちが変わるわけはない。彼はただ、あなたに逃れるチャンスを与えているだけよ」

「本当にそう思う？　彼は私を守ろうとしているだけで、追い払おうとしているわけではないと？」ジェスは震える声でささやいた。

「そもそもの最初から、彼が嘘をついた理由はそれだけだと思うわ。彼はきっと強がって、ひとりで病気と闘おうとしているのよ」

ジェスは喉元の大きな塊をのみ下し、足元に視線を落とした。「彼を失うなんて、きっと耐えられないと思うわ」彼女はしわがれた声でぽつりと言った。

「それならあきらめないことね。話を聞くかぎり、彼はあきらめてしまっているように思えるから。あなたまであきらめたのでは話にならないもの。きっと望みはある。治療を受けるように、彼に言うのよ。あなたのために、そして赤ちゃんのためにも」母はきっぱりと告げた。「いまからでも考え方を変えれば、間に合うかもしれないわ」

ジェスは命綱にすがる思いで、すばやくその考えにしがみついた。「私がばかだったわ。何も見えていなくて、自分を哀れむばかりで……」

「ショックを受けていたからよ。でも、そのおかげで考える時間ができたでしょう？　人生において本当に価値のあるものは、たいていの場合、闘って手に入れなければならないのよ」

「私、ロンドンへ戻るわ」

「明日になさい。今日はもう疲れているし、何をするにしても、今夜はぐっすり眠ってからよ」母はきっぱりと告げた。「これからは自分のことだけでなく、赤ちゃんのことも気をつけなくてはね」

翌日の午前中は病院の日常勤務でつぶれ、ゆっくり考える余裕ができたのは午後になってからだった。セザリオの生を願う強い思いは、ジェスの胸に未来への不安を呼び覚ます一方で、行動を起こさなければという決意をも固くした。彼女はホルストン・ホールへ戻り、古い屋敷の優美な姿にしばし見入った。それがいまや自分のものなのだと思うと、驚きを禁じえなかった。それからふと、彼女は屋敷の前に止まっている二台のバンに気づき、顔をしかめた。

広いホールに入っていくと、驚いたことに箱の山だった。さらに奥に目をやると、セザリオのオフィスで人々がせわしなく立ち動き、デスクや棚の中身を空けて梱包《こんぽう》する作業に取り組んでいる。心臓がいっきにかかとまで落ちた気がしたと同時に、ジェスは吐き気に襲われた。彼はすでに出ていこうとしているんだわ！

そのときふいにドア口にセザリオが現れ、彼のあとを追ってウィードとマジックも姿を見せた。こんなに元気そうなのに。そう思うと、ジェスは平手打ちを見舞われたようなショックを覚えた。その一方で、感情を隠した暗いまなざしに、心は傷ついていた。またしても自分だけ締めだされ、疎外された感じがした。私は彼のすべてにかかわりたいのに。彼は明るいグレーのスーツに身を包み、いつもどおりの優雅な身のこなしで近づいてきた。ネクタイを締めていないぶん、いつもよりくつろいだ感じがする。なんてすてきなのかしら。胸の痛みを懸命に抑えようとしているにもかかわらず、ジェスの心臓はどきどきと高鳴り始めた。

「すまない、こういうタイミングになってしまって。君が仕事から戻るまでには出ていくつもりだったんだが」セザリオは毅然《きぜん》とした態度で告げた。

「こんなことをしても無駄よ」ジェスは厳しい声で告げた。「どうせ私はロンドンまで追いかけていって、アパートメントのドアの前で泊まりこむつもりだから」

セザリオの眉間《みけん》にしわが寄り、とまどった表情になった。「なんだって？」

「私はあなたと一緒にいたいの。どうしてもあなたといなければならないのよ」ジェスは大胆に宣言した。「責めるなら自分を責めるのね。私をこのことに巻きこんだのは、あなたなんだから」

「客間で話そう」彼は張りつめた声で静かに言い、目を伏せて表情を覆い隠した。

「何を言っても私の気持ちは変わらないわよ」セザリオが部屋のドアを閉め、搬送の物音が遮断されると、ジェスは顎を上げて警告した。

「君は感情的になっているだけだ。そういうのは間違っている」

「あなたにとっては間違っているかもしれないけど、私にとってはそうではないの」ジェスはきっぱりと請け合った。

「君は僕のことを、保護が必要な犬のように見なしているんだ。かわいそう、自分がなんとかしなければ、と思っているのさ」セザリオは端整な顔に非難の表情を浮かべ、指摘した。「僕はそんなものは欲しくない。とても耐えられないね」

「私にはあなたがひとりで事態に向き合おうとしていることが耐えられないわ。どうやらお互い意見が合わないようね」ジェスは、セザリオの目にとまどいが広がっていくのに気づいた。そこには、彼女が思いもよらない行動に出たことに対する怒りも見てとれる。

「ほかにもひとつ、話し合わなければならないことがあるわ」

セザリオの片方の眉がつり上がった。「何について？」彼は顎を突きだし、挑むように促した。

「あなたは前に断ったという治療を受けなくてはいけないわ――」

「断る」即答だった。

「自分のことだけ考えるのはやめて、自分がこの世に送りだそうと決めた子どものことを考えて」ジェスはひるむことなく言い返した。「私たちの子どものために、なんとしても闘うべきよ。ほんのわずかでも助かるチャンスがあるなら、私たちみんなのために、あなたはそのチャンスに賭《か》けるべきなのよ」

セザリオはまっすぐに彼女を見つめ返したが、その顔は青ざめていた。「ずいぶん辛辣《しんらつ》だな」

「真剣に思えばこそよ」何がなんでも納得させようと、ジェスも真っ向から視線を受け止めた。説得の成否にお互いの命がかかっているような気がした。

「手術がうまくいかなかったら？」

ジェスの華奢《きゃしゃ》な肩に力がこもった。「そのときはそのときよ。一緒になんとかしましょう。あなたはその点、世の中のたいていの人たちより恵まれているわ。最高の医療とサポートを受けられるんだもの」

「だが僕自身に、障害を抱えて生きていく覚悟がなかったら？」セザリオは険しい表情で尋ねた。

「命は尊いのよ、セザリオ。とても尊いものだわ」ジェスは力をこめてささやいた。その真実を、なんとしても彼に受け入れてほしい。「断言するわ。私たちの子どもは絶対に、あなたがこの世にいないより、障害を持っていても存在してくれるほうがいいと思うに決まっている」

「君の考えくらい聞かなくてもわかるさ」セザリオはあざけるように言い返した。「君は足の不自由な犬や目の不自由な犬を引きとって暮らしているような女性だ。寛大な心の持ち主だということは充分に承知しているよ。だがあいにく僕は動物ではないし、人生に対する要求ももう少し洗練されているのでね」

「でも、あなたが自分のプライドと要求にこだわって、最悪の事態だけを予測しているのも事実だわ」ジェスは頑として指摘した。「そこまで悲観視することないじゃない。希望はどうしたの？　もっと希望を抱いてもいいでしょう？　私たちには子どもができるのよ。この子が育っていくうえで、父親の存在がどれほど大きな意味を持つか考えて」

セザリオは唇を引き結んだ。「なんとも言えないな。僕自身の父親は最低だったし」

「それならなおさら考え直すべきよ。あなたならもっといい父親になれるはずだもの。私の実の父親も最低だったわ。母に中絶の費用を渡して、それで責任は果たしたと考えるような人間よ。だけどロバート・マーティンは違った。彼はすばらしい父親だった」ジェスは言葉に熱をこめ、心から告白した。「学歴もないし、賢くもないし、実の父のように成功もしていないけれど、いつどんなときもそばにいて私を愛し、支え、励ましてくれた。私は彼を心から愛しているわ。大切なのは表面的なことではなく、心の中身よ」

「君は運がよかったんだな」

ジェスの表情に皮肉がまじった。「残念ながら、ロバートがいてくれて自分がどんなに幸運だったかに気づいたのは、ウィリアム・ダン‐モンゴメリーの弁護士から手紙が届いて、今後いっさい近づくなと警告されたあとだったけど」

彼女の告白に、セザリオは驚いて顔をしかめた。「それはいつのことだい？」

「十九歳のときに、実の父親に会ってみようと思い立ったの。ストーカーに襲われて入院したあとのことよ。その当時は精神的にとてもまいっていて、自分の出自についてどうしても知っておきたいと思ったの。世間知らずで、期待だけがふくらんでいたのね。でも残念ながら、ウィリアム・ダン‐モンゴメリーは怖《お》じ気《け》づいて、私とはいっさいかかわりたくないとはっきり申しわたされたわ」ジェスは苦い表情で説明を続けた。「そうして拒絶を経験して初めて、ロバートのような養父に巡り合えた自分がどんなに恵まれていたかに気づいたのよ。彼はいつどんなときも、私のことを自慢の娘として扱ってくれたわ」

「彼に対する君の忠誠心の深さは、そういうところから来ていたんだな」セザリオは重い口調で告げた。「それを利用したりして、すまなかったと思っている」

「それはもう気にしないで。私が言いたいのは、私も父がいたおかげで人生が豊かになったのだから、私たちの子どもにも同じ特典を与えてあげてほしいということよ」

セザリオは力なく答えた。「心には留めておくが、僕としてはすでにじっくり考えて出した結論だ」

ジェスは音をたててゆっくりと息を吐き出した。「結論なんていくらでも変えられるわ」

「だが結論を出したのは半年前だ。いまはもう、手術そのものが無理かもしれない」

ジェスにはその言葉は思いもよらないものだった。ただ、セザリオを説得して治療を受けさせることしか頭になかったのだ。自分と出会うのが遅すぎたためにセザリオが死ぬようなことになったら、これほど残酷なことがあるだろうか。

セザリオは彼女の取り乱した表情をのぞきこんだ。「僕は君とその子の言いなりになるしかないというわけかい」

「そんなふうに感じてほしくないわ」

「明日、医者に会う予定だ」

ジェスは恐怖に目を見開いた。「私も行くわ。もう私を締めださないで」

「これはもともと便宜結婚だったはずだ。こんなことに君を巻きこみたくない」セザリオは突然のようにいらだちをぶつけた。

「何に巻きこまれようと、どうするかは自分で決めるわ」ジェスは負けずに言い返した。

「後悔するぞ」彼はむっつりと告げた。「立ち去りたくなったら、いつでも自由にそうしてくれ」

「私はどこへも行かないわ」ジェスはかたくなに言い張った。「ついでに言っておくなら、私は別にこの家で暮らしたくてあなたと結婚したわけではないのよ。それに、純粋に父を救うためだけに結婚したわけでもない。いちばんの目的はあなたと同じだわ。子どもが欲しかったからよ」

セザリオは目を伏せ、握りしめたこぶしを開いて、ためていた息を吐きだした。「それはわかっているが、僕が君の父親の苦境を利用して不当に結婚を迫ったことに変わりはない」

「でもあのときは、そう感じていたわけではないでしょう?」ジェスは指摘した。「このまま結婚を続ける気があるなら、オフィスの荷物をもとに戻すようにスタッフに言って」

セザリオがかすかに頬を染めてスタッフに話しに行ったあと、突然、作業は逆戻りをし始めた。最初の荷物がオフィスのドアを抜けて中へ戻っていくのを見て、ジェスはようやく少しだけ息をついた。

セザリオがジャケットを脱ぎ、彼女のそばに戻ってきた。輝きを放つ美しい黒の目を見た瞬間、ジェスの心が痛みと不安のあまり小さく声をあげた気がした。こんなに元気そうに見えるのに、そうではないと？　けれども彼の不安を察し、ジェスは否定的な考えを抑えつけた。彼女は無意識のうちにつながりを求め、彼の手を握った。

「二階へ行こうか。そのほうが多少は静かだ」まわりで続くせわしない作業の中でセザリオは言い、彼女を壮麗な階段へいざなった。

二人がこの先も変わることなくわかち合う寝室の前で、彼はひどくまじめな面持ちで言った。

「君に言っておかなければならないことがある。本当は数週間前にイタリアで言いたかったんだが、そのときは言わないほうがいいような気がして」

「なんなの？　話してちょうだい」彼がいったい何を黙っていたのか、ジェスは若干の不安を覚えつつ促した。「これ以上お互いの間に秘密を持つのはよくないわ」

セザリオは彼女をじっと見つめた。「僕は君を脅迫して結婚に追いこんだ」その声には後悔がにじんでいる。「僕は君を手に入れたくて、手段にはおかまいなしだった。それに関していまの君がどう感じていようと、君をこんな状況に追いこんだのは、信じられないほど身勝手だった」

「でも、私は驚くほど順応性があるのよ」ジェスは顔を上げ、柔らかな、けれども強い意志のこもったまなざしで彼を見つめた。「確かにあれは脅迫だったわ。でも私のほうもあなたに惹《ひ》かれていたのは事実だし、あなたに無理強いされなければ、結局なんの行動も起こさなかったと思うの。先のことは気にしないで。あなたと一緒になれたことは、絶対に後悔しないから」最後のほうは声がかすれた。

「だが、僕は君を罠《わな》にはめたも同然だ。君は死にかけた夫を残して立ち去れるような人間ではない」静かな声だが、そこには皮肉といらだちがにじんでいる。

「死ぬと決まったわけではないわ。もっと前向きに考えないと」ジェスは言葉に力をこめ、ささやいた。「それに、私はそこまでお人よしではないのよ。あなたといたいと思わなければ、いまだってここにはいないわ。私には演技なんてできないもの」

セザリオはジェスの濡《ぬ》れた頬に人差し指でそっと触れ、彼女の目の奥をのぞきこんだ。

「そうだな。僕も君が自分の気持ちを偽れるとは思わない。その点は、僕が君の中でいちばん愛している部分だよ。君はいつもありのままだ。それでもやはり、僕が君の人のよさと忠誠心を利用していることに変わりはない」

ジェスは全身が張りつめた。自分が崖《がけ》っぷちに立たされている気がした。「あなたはいま、私を愛していると言ったの?」

「どうしようもなく愛しているとも。気づかなかったのかい?」セザリオは苦笑した。

「とっくにばれていると思ったんだがな」

「私はそういうことについて少々鈍いところがあるから」彼女は震える声で打ち明けた。

「いつ自分の気持ちに気づいたの?」

「イタリアで、片時も君から離れられない自分に気づいたときに」セザリオの声がかすれた。「あんな感覚は生まれて初めてだったよ」

「アリスのときには感じなかったの?」口にした瞬間、ジェスはつまらない嫉妬《しっと》を後悔した。

「ジェス、僕とアリスのことは心配いらない。アリスのことは好きだし尊敬もしているが、彼女と僕は合わなかった。彼女とつき合っているころの僕は若すぎて、ひとりの女性に落ち着く気はまったくなかったし、彼女のほうも、僕が浮気をしても正面から向き合おうとはしなかった」そうした気まずい真実を打ち明け、セザリオは顔をしかめた。「彼女に対する僕の態度は、とても褒められたものではなかったよ。自分が彼女を好きだったことに気づいたのも彼女がすでに去ったあとで、その気持ちすら、ステファノの彼女に対する愛情ほど深いものではなかった。結婚しなかったのも当然だ」

「アリスのことにこだわって、ごめんなさい」セザリオの広い肩に腕をまわし、ジェスは苦々しく告げた。彼が正直に話してくれたおかげで、ようやく不安が晴れた。「イタリアから戻る前日に、あなたとアリスが話しているのを偶然耳にして、あなたたちの友情に疑念を抱いてしまったの」

「何を聞いたんだ?」セザリオは顔をしかめた。

ジェスが説明すると、彼はうなり声を発した。「アリスとステファノには、腫瘍《しゅよう》のことは最初から話してあったんだ。アリスの言うとおりだよ。君に本当のことを黙っていたのはフェアではなかった。だがイタリアで君と過ごした数週間は、僕にとって人生最高の時間だった。だから、病気などという現実のために、台なしにしたくなかったんだよ」

セザリオの告白を受けて目の奥に刺すものを感じ、ジェスはすばやく目をしばたたいた。セザリオに涙を見られては、彼のせいで人生最大の不幸に陥ったと誤解されてしまう。実際には、私にとってセザリオは人生最大の幸福だというのに。「私もイタリアであなたに恋をしたわ」

「それじゃあ僕が先だな」セザリオは宣言し、彼女の顎を上に向けてグレーの目をのぞきこんだ。「僕が君に恋をしたのは、たぶん教会でウエディングドレス姿を見たときだから。その瞬間、すべての夢が実現したと思ったよ。まさか僕にそんなにロマンティックなところがあったとはな」

ジェスのほうは、一度もそんなふうに感じたことはなかった。二人のハネムーンが特別なものになったのは、彼が大小さまざま、数えきれないほどのロマンティックな心遣いを示してくれたからなのだから。だが彼女は黙って笑みを浮かべ、彼を見上げた。「あなたを心から愛しているわ」

「僕は一生君を求め続けるだろう、いとしい君《アマータ・ミア》」セザリオは心から宣言し、輝く黒の目でうっとりと彼女を見つめた。「君をこんな目には遭わせたくなかった。僕は君を幸せにしたかったんだ。悲しい思いをさせるのではなく」

「たとえ何が起ころうと、私はあなたといられて幸せよ」ジェスはきっぱりと言った。「これからともに過ごす日々は、私が昨日あなたの言葉に負けて逃げだしていたら、決して得られなかった時間だもの」

「だが、君をこんなことに巻きこむのは不公平だ」セザリオの表情には、不安と罪悪感がありありとうかがえる。

緊張して張りつめたセザリオの頬を、ジェスは指先でそっとなでた。「腫瘍を抱えているのが私だったら、あなたはどう思う？　あっさり立ち去れる？」

「まさか、冗談だろう？」セザリオは信じられないと言いたげに答えた。

「それじゃあ私にも違うことを求めないで。私もあなたを愛しているのよ」彼女は指摘した。「あなたと一緒にいたいの。たとえ何が起ころうと」

こみあげる情熱に突き動かされて、セザリオは彼女の唇を唇で覆い、息を奪った。その間にもジェスは彼のジャケットを脱がせ、シャツのボタンを外して、たくましい上半身に愛情をこめて両手を広げていった。彼の引き締まった体がたちまちそれに応《こた》えて求めだすのを感じ、ジェスは幸せを脅かそうとしている悲観的な考えを締めだした。

私の愛する男性が、同じ情熱を持って私を愛してくれる。いまはそれだけで充分よ。目の前の幸せを大事にし、彼と過ごすひとつひとつの瞬間を最大限に味わおう。

セザリオの父にちなんでリオと名づけられた少年の蹴《け》ったボールが大きな音をたてて窓にぶつかり、続いてガラスの砕ける音がした。

「お母さん《ママ》！」少年は途方に暮れ、大声で叫んだ。

ベランダの陰に座っていたジェスは急いで立ち上がり、犬たちを追い散らして、割れたガラスに近づかないよう息子を制した。息子の服にガラスのかけらがついていないことを確認し、ガラスの破片から充分に遠ざけたのち、彼女はトマソに笑みを向けた。トマソは少年にボールを返すと、ブラシとショベルを手に、あきらめの表情で散乱したガラスを片づけ始めた。元気のいい五歳の少年がサッカーの練習をするうえで、それは充分に予測されたことだった。

少年は、父の輝く黒の目と母の黒い巻き毛を受け継いだ。彼もまたいつの日か、女性を泣かせることになるのだろう。予定日より一週間遅れて生まれたリオは、初めて息を吸いこんだ瞬間から母に喜びをもたらした。喜びは想像以上だったが、苦労も予想を超えていた。リオは機嫌のいい赤ん坊だったが、あまり眠らず、睡眠不足でつらかった日々はいまでもジェスにとって苦い思い出だ。その点、いい乳母に恵まれたことは助かった。両親から頑固さと意志の強さと高い知性を受け継いだリオは、ある意味扱いにくい子どもかもしれない。

毎年夏には家族全員がコリーナ・ヴェルデに集まり、長い休暇を楽しむ。ジェスの両親は現在、夜のイタリア語講座に通い、熱心に勉強中だ。二人の弟はいまもホルストンの敷地内で働いているが、父は地元のガーデンセンターに新しい職を見つけ、皆をあっと驚かせた。現在は、副支配人として仕事を楽しんでいる。そしてジェスはもうひとりの弟、ルーク・ダン‐モンゴメリーとも定期的に連絡を取り合っていた。去年の冬にはモロッコにあるセザリオの豪奢な別荘で、ルークと彼のガールフレンドも一緒に過ごした。実の父からはその後も何も言ってこないが、ジェスはいまの状況に満足していた。アリスとステファノの一家もたびたび家を訪れ、アリスはしだいにジェスのいちばんの親友になりつつあった。両家は、互いの家族行事も一緒に祝うのが常となっている。

リオが生まれてすぐに、ジェスは動物病院の共同経営権を獲得し、いまもパートタイムで働いている。同じ年に、動物保護施設が慈善事業として認可を受けた。ホルストンの敷地内に場所を移して再開したのち、現在はフルタイムの従業員と輪番制のボランティア・スタッフによって効率的に運営されているのだ。おかげで多くの動物たちが、いいもらい手を見つけて引きとられていった。いま、睡眠発作症のグレーハウンドのドージーは、コリーのジョンソンの隣で眠っている。ラブラドールのハーレイとウルフハウンドのハッグズは老齢のために亡くなったが、その後、目の不自由なグレートデーンのビックスと、その友だちで誘導係でもある元気なジャックラッセルのオーウェンが加わった。そしていま、幼い二人の少女のあとを追い、ウィードとマジックがテラスのこちら側へ駆けてくる。

今年三歳になるグラツィエッラが、遊び友だちと一緒に描《か》いた絵を母に見せようと駆けてきた。少女は母の明るいグレーの目を受け継いだ。グラツィエッラのあとを追い、妹のアレグラも転がるように駆けてきた。黒い巻き毛にりんごのような頬をした彼女は、よちよち歩きの一歳半だ。

ジェスは口元に笑みを浮かべ、二人の少女を腕に抱きしめた。続いて家の中から最高にすてきな夫のセザリオが出てくるや、彼女の笑みは顔全体に広がった。セザリオが息子のリオに向かって新しいサッカーボールを蹴ってやると、少年は喜びの声をあげてボールと父の手をつかみ、窓を割った件について早口のイタリア語でまくし立てた。

「パパったら車の中で私の好きな曲をかけてくれないのよ」グラツィエッラが不満そうに訴えた。「サッカーばっかりなんだから」

葡萄《ぶどう》の蔓《つる》に覆われたバルコニーから、ジェスは愛する夫に視線を向けた。コリーナ・ヴェルデで過ごす長い夏の間、セザリオは極力時間を割いて家族とともに過ごすようにしてくれている。セザリオを失うかもしれなかった時期のことはなるべく思い出さないようにしているが、それでも、いとも簡単に彼を失っていたかもしれないことを考えると、彼や子どもたちと築いた幸せはますますかけがえのないものに感じられた。

最終的に治療を受けることに同意した彼は、定位脳手術という最新の脳神経外科的処置の恩恵に浴することができた。CT画像を利用して腫瘍の位置を特定し、慎重に見きわめたうえでガンマ線放射をおこなう方法なので、健康な組織に損傷を与えずにすむ。入院はわずか三日ですみ、手術の成功後、合併症などの問題もとくになかった。腫瘍は完全に取り除かれ、その後のスキャン検査でも、ずっと何も見つかっていない。

「僕たちはグラツィエッラを甘やかしすぎかな」セザリオは、昼食のために子どもたちを呼びに出てきた乳母のイッツィーに尋ねた。「ずいぶん威張ったおちびさんだ」

「いったい誰に似たのやら」ジェスは冗談めかして口を挟んだ。上の娘のグラツィエッラは、泣きそうになったり落胆のそぶりを見せたりするだけで、父を意のままに操ってしまう。「でももしかしたら、単にサッカーのラジオ解説が嫌いなだけかも」

セザリオのセクシーな唇に、いたずらっぽい笑みが浮かんだ。「それなら、マンマに似たんだな。美人で愛すべき――」

「とても多産なマンマにね」ジェスはすかさず言葉を引き継いだ。こういう暖かい日には、妊娠のせいで大きくなった体が意識されてしかたがない。あと数週間もすれば、四人目の子どもが生まれる予定だ。おなかにいるのが二人目の男の子だということは、すでにわかっている。孫たちに目のない祖父にちなみ、おそらくロベルトと命名されることになるだろう。子どもたちの存在は夫婦にとって計り知れない喜びであり、家族がどこまで増え続けるのか、自分たちにもわからない。

誇らしげにふくらんだジェスのおなかを守るように、セザリオは後ろからそっと手を当て、指を広げた。「とても美人で多産なマンマ」彼はハスキーな声でささやき、彼女を抱き寄せた。「最も必要なときに君を見つけて結婚できた僕は、途方もない幸せ者だよ」

ジェスは至福のため息をついてセザリオのたくましい体にもたれ、子どもたちに邪魔されずに過ごす完璧《かんぺき》な平和のひとときを味わった。「見つけたのはお互い様よ。ひとたびあなたとイタリアの味を知ったら、あなたこそ運命の男性だと悟ったわ。心から愛しているわ」

セザリオは腕の中でゆっくりと彼女の向きを変え、いまも心を奪わずにはおかない明るいグレーの目を見下ろした。「君は僕の生涯の恋人だ……」彼はささやき、心からの愛情と優しさをこめてキスをした。

●本書は、2012年1月に小社より刊行された作品を文庫化したものです。

条件つきの結婚
2023年10月1日発行　第1刷

著　者　リン・グレアム

訳　者　槙　由子（まき　ゆうこ）

発行人　鈴木幸辰

発行所　株式会社ハーパーコリンズ・ジャパン
東京都千代田区大手町1-5-1
03-6269-2883（営業）
0570-008091（読者サービス係）

印刷・製本　中央精版印刷株式会社

Printed in Japan © K.K. HarperCollins Japan 2023 ISBN978-4-596-52566-6

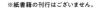

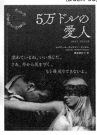

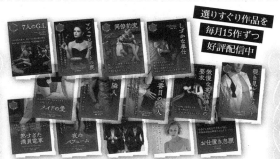